KB121969

로크미디어가
유혹하는
재미있는 세상
ROK
MEDIA
로크미디어

바인더북

바인더북 14

2014년 12월 5일 초판 1쇄 인쇄
2014년 12월 10일 초판 1쇄 발행

지은이 산초
발행인 이종주

기획 팀 이주현 이기헌
책임 편집 이정규

발행처 (주)로크미디어
출판등록 2003년 3월 24일
주소 서울시 용산구 원효로97길 46 5층
Tel (02)3273-5135 **Fax** (02)3273-5134
홈페이지 rokmedia.com **E-mail** rokmedia@empas.com

값 8,000원

ISBN 979-11-255-8490-2 (14권)
ISBN 978-89-257-3232-9 04810 (세트)

작가와의 협의에 의해 인지는 생략합니다.
잘못된 책은 구입처에서 바꾸어 드립니다.

BINDER BOOK

바인더북

14

| 산초 퓨전 장편소설 |

c o n t e n t s

BINDER
BOOK

담용, 개입하다

한낮의 후덥지근한 기운이 채 가시지 않은 저녁나절의 가든파 아지트.

곰을 연상케 하는 체구의 가든파 두목 짱구의 어깨가 축 처져 있다.

짱구가 죽상을 하고 있는 원인은 바로 맞은편 소파에 몸을 깊숙이 파묻고는 꼰 다리를 까닥거리는 호리호리한 사내의 기분이 최악이었기 때문이다.

사내는 마포구를 양분하고 있는 신촌파와 홍대파 중 홍대파의 행동대장 격인 조대팔로, 회칼을 잘 쓴다고 해서 사시미라 불렸다.

이로 보아 가든파가 홍대파의 하수인이라는 것을 알 수 있었다. 즉, 가든파란 이름은 그냥 인근에서 껄떡대는 양아치들이 부르기 좋으라고 붙인 것이었고, 실제로는 홍대파에 예속된 조직이었던 것이다.

근데 이게 또 속을 들여다보면 이상한 게, 대외적으로는 가든파가 홍대파와 전혀 무관하다고 알려져 있었다. 다시 말해 홍대파가 직접 실행하기 곤란한 일이 생겼을 때 써먹기 위한, 별도의 조직이 바로 가든파인 것이다.

이를테면 이렇다.

반드시 처리해야 할 일이지만 홍대파처럼 나름대로 이름이 알려진 조직이 지저분한 일에 관련되기 싫거나 아니면 살인도 불사할 정도로 심각한 일을 처리할 때 총대를 메는 희생양 정도의 용도라고 보면 맞다.

고로 가든파의 조직원이라는 것들은 대부분 이제 막 고등학교를 졸업했거나 그도 아니면 일찍부터 학교와는 담을 쌓고 껄렁거리며 뒷골목을 전전하던 솜털 보송보송한 철부지들이었다.

바꿔 말하면 무서운 것도 없고 눈에 뵈는 것도 없는 세대가 주축인 가든파는 시한폭탄이나 마찬가지였다.

실제로도 사장실 밖에 장승처럼 우두커니 서 있는 사내들이란 것이 죄다 이제 막 성인에 접어든 애송이거나 아니면 한눈에 봐도 미성년자들 같았다. 동네 양아치들이 가든파라고 부른 이유도 바로 이들 새파란 애들이 조직원이기 때문이다.

각설하고.

"……죄송합니다."

얼마나 주눅이 들었으면 말투도 어눌한 것이 기가 팍 죽은 듯했다.

"인마, 구역을 하나 맡겼으면 밥벌이를 해야 할 것 아냐? 애송이 의원 하나 제대로 처치를 못 하니까 맨날 이런 변두리만 쫓겨 다니는 거야. 알아?"

"아, 압니다."

"알어?"

"……."

"인마, 밖에 있는 재들 앞으로 들어가는 돈이 한 달에 얼만지 알기나 해!"

"……."

"새꺄, 돈을 들였으면 써먹어야 할 것 아냐? 뒀다가 국 끓여 먹을래?"

"죄, 죄송합니다."

"에잉, 짜식이……. 덩치만큼이나 대가리가 돌아가면 오죽 좋아?"

"……."

"뭐, 어차피 지나간 건 어쩔 수 없고…… 지금 어떻게 진행되고 있는지나 읊어 봐."

"예, 지금 땡벌이 움직이고 있는 중입니다. 저녁에 치겠다고 했으니, 아마 곧 연락이 올 것으로 압니다."

"도움은 필요 없고?"

"권 의원이 얼마 전부터 경호원의 도움을 받고 있다지만 충분히 해결할 수 있다고 했습니다. 그러니 잠시만 기다리시면 좋은 소식이 올 것입니다."

"새끼…… 경호원이 몇 명인데?"

"두 명이라고 했습니다."

"두 명?"

"예."

"믿어도 되겠냐?"

"믿어 보십시오."

"인마, 얼마나 믿음을 못 줬으면 두목이 나를 보냈겠냐? 새끼가 빈둥빈둥 처먹고 자빠져 놀면서 배때기에 살이나 찌우고 말이야. 이넘, 이거 안 되겠어, 엉!"

"……."

"짱구, 너…… 이 일이 얼마나 중요한지 알아?"

"예?"

"씨불 넘, 눈 안 깔아?"

천만 뜻밖의 말이다 싶은 짱구의 의아한 눈초리에 조대팔이 소파에 파묻었던 몸을 벌떡 일으키며 재떨이를 집었다.

'이크!'

"새끼, 어디서 눈을 휘둥그렇게 뜨고 지랄이야? 확 눈깔을 파 버릴까 보다."

움찔!

눈을 질끈 감은 짱구가 재떨이가 날아들 것에 대비해 몸을 잔뜩 웅크렸다.

탕!

사시미가 한껏 쳐들었던 재떨이로 애먼 탁자에다 화풀이를 해 댔다.

'휘유우-!'

십년감수한 짱구가 내심 안도의 한숨을 내쉬면서 그 역시 욕지거리를 해 댔다.

'씨바, 그냥 할 수 있으면 대충 손보고 여의치 않으면 확실한 기회가 올 때까지 기다리라고 해 놓고서는…… 이제 와서 엄청 중요한 일이라고 떠들다니. 니기미…….'

결단코 중요한 일이라고 말한 적이 없었고, 들어 본 적도 없었다. 그랬기에 설렁설렁하며 기회를 보아 오던 차였다. 린치를 가할 수 있으면 좋고 안 해도 그만인 식으로 말이다.

그러다가 이틀 전부터 슬슬 독촉이 심해지더니, 급기야는 행동으로 옮기기도 전에 뭐가 급했는지 행동대장인 사시미까지 들이닥쳐 쪼아 대고 있는 와중이었다.

아닌 밤중에 홍두깨도 유분수지…….

실상 국회의원에게 린치를 가하는 건 결코 쉬운 일이 아니다.

미우나 고우나 국민이 직접 뽑은 대변자가 아닌가?

그런 사람에게 린치를 가했다간 세상이 떠들썩해지는 건 시간문제다.

더구나 막강한 권력을 지닌 자들이니 오죽 시끄럽겠는가?

당연히 경찰 수사도 일회성에 그칠 리 없었고, 나아가 조직폭력배가 연루됐다는 것이 확인되면 일제 단속 및 검거 열풍이 불지도 모를 일이다.

이러니 그냥 지나가듯 혹은 장난치듯 칼부림해 대는 것처럼 시답잖게 실행할 일이 아닌 것이다.

물론 총대를 메고 학교(감방)에 갈 놈들이야 보다시피 널리고 널렸다.

하지만 널리고 널렸으면 뭐하는가, 과단성 있게 일을 처리함과 동시에 검거됐을 때 입이 무거워야 하는 것이 최대 관건이다 보니 차일피일하지 않을 수가 없었던 것이다.

이유야 어쨌든 얼떨결에 욕만 바가지로 먹은 짱구는 억울했지만 묵묵부답 머리만 푹 숙일 뿐이다.

여기서 대거리를 했다가는 조대팔의 화만 돋울 것임을 어찌 모를까?

"새꺄, 일을 맡겼으면 그게 얼마나 중요한지 정도는 알고 행동해야지 네 멋대로 미적댄다는 게 말이나 돼? 앙!"

"죄, 죄송합니다. 전 그냥 대충 기회를 보면서 하라고 해서…….”

“시끄럿!”

움찔!

“뭐? 대충? 이 새끼가 정말……. 얌마, 일이 잘못되면 저쪽에서 신촌파에다 의뢰를 할 수도 있는 일인데, 이게 대충해서 될 일이야! 엉!”

“…….”

난데없이 신촌파가 거론되고 있었다.

실상은 그 때문에 조대팔이 부랴부랴 달려온 것이다. 한 다리 걸치고 있는 곳에서 빨리 해결하지 않으면 신촌파에 일을 맡기겠다고 연락을 한 탓이었다.

‘씨불, 그렇게 중요한 일이었으면 지가 직접 나서서 처리하면 될 것을…….’

입을 꼭 다물고 있는 짱구였지만 들을수록 억울했는지 주둥이가 점점 튀어나오는 건 어쩔 수 없었다.

그나마 다행인 것은 상대도 그런 사정을 아는지 진즉에 날아오고도 남았을 구둣발이 침묵을 하고 있다는 점이었다.

“짱구!”

“옛, 형님!”

“쟤들…….”

조대팔이 출입문을 힐끗 쳐다보더니 말을 이었다.

“영등포로 보내야 한다는 건 알지?”

"예, 우리가 가기 전에 재들이 먼저 난장판을 쳐서 정리하기로 했었지요."

두 사람이 말하는 재들이란 밖에 있는 새파란 애송이들을 말함이다.

"도끼는 10년형을 받았다. 알고 있냐?"

"예, 들었습니다."

"어쩌다 인연이 튀어서 네가 도끼와 친구임네 하는 걸 안다만 오래 비워 놓을 수는 없다."

"저도 알고 있습니다."

"그래, 두목이 이번 달 안으로 장악하라고 하니 권 의원을 처리하는 대로 재들 보내. 알았어?"

"저…… 그렇게 되면 우리가 노출될 수 있을 텐데요?"

"너…… 재들 못 믿어?"

"아주 믿기에는 아직 어린애들이라……."

불안한 점이 없지 않다는 말로 들렸다.

"험비!"

"예, 형님."

조대팔의 호칭에 상체가 유난히 떡 벌어진 덩치가 대답하며 나섰다.

사시미 조대팔의 오른팔인 험비 강용석이었다.

별명이 미군들이 몰고 다니는 지프차인 험비에서 유래된 듯한 강용석의 상체는 그야말로 떡메처럼 넓적했다.

"그거 줘라."
"옛!"
강용석이 옆에 뒀던 큼지막한 스포츠 가방을 짱구에게 건네줬다.
"……?"
"현찰로 1억이다."
"에?"
"인마, 쟤들 부리려면 뿌려야 될 것 아냐? 눈이 해까닥 돌아가게 말이야."
"그야……."
"어차피 겁대가리를 상실한 놈들이니 몇 푼씩 집어 주고 잘 먹이이다 보면 자연히 시키는 대로 하게 되어 있어. 그러니 네놈이 슬쩍 꿍치지 말고 쟤들한테 다 뿌려. 알았어?"
"알겠습니다."
"좋아. 권 의원을 치러 모두 몇 명이나 갔어!"
"땡벌을 포함해서 모두 열 명입니다."
"언제까지 연락을 한다고 했는데?"
"저녁 식사 시간 전후로 해결하겠다고 했습니다."
"야, 험비!"
"옛, 형님!"
"지금 몇 시야?"
"옛! 지금…… 6시 5분 전입니다."

"씨파! 아직도 2시간이나 기다려야 소식이 오겠군."

여름이라 해가 긴 만큼 저녁 식사 역시 늦어져 일이 더딜 것이라 여겨 하는 소리다.

짱구가 이때다 싶었던지 조심스럽게 입을 뗐다.

"저…… 형님, 식사라도 하면서 기다시리는 것이…… 가든호텔의 음식이 꽤 먹을 만합니다만……."

"새끼…… 한가한 소리 하고 자빠졌네."

벌떡!

"이 자슥을 그냥 확……."

조대팔이 정말로 한 대 쳐 버릴 기세로 일어서는 것을 본 강용석이 재빨리 나섰다.

"사시미 형님."

"왜!"

"어차피 때가 됐으니 한 끼 해결해야지 않겠습니까? 이 자슥들도 뭘 먹여 놔야 힘을 쓸 거고요."

"그래서!"

"나가서 먹기는 그러니 배달을 시켜서 해결하면 어떻겠습니까?"

풀썩.

다시 자리에 주저앉은 조대팔이 담배를 한대 꼬나물더니 말했다.

"네 마음대로 해!"

찰칵!

강용석이 담배에 불을 붙여 주며 물었다.

"형님은 뭘 드시겠습니까?"

"짜장!"

"알았심돠. 이봐, 짱구!"

"옙!"

"형님이 짜장이 자시고 싶으시댄다."

"알겠습니다! 특별하게 준비하도록 하겠습니다!"

"난 잡채밥!"

"잡채밥, 준비하겠습니다!"

"글고 너도 그렇고, 애들도 멕이도록 햐!"

"옙!"

소파에서 일어난 짱구가 문을 열더니 소리쳤다.

"차반아, 구신아!"

별명 앞에 '개' 자를 붙였을 때는 이름 같지도 않더니 '개' 자를 떼고 부르니 그럴듯한 이름처럼 들렸다.

이놈들도 스물너덧 살밖에 되지 않은 새파란 청춘이다.

"예, 형님!"

"형님이 짜장이 자시고 싶으시댄다. 험비 형님은 잡채밥이고. 그러니 빨리 가서 특별하게 주문해서 총알같이 갖고 와라. 직접 가!"

"옙, 맡겨 주십쇼!"

"니들은 알아서 시켜 먹어!"

"그러죠, 뭐."

"글고 형님이 와 계시니까 문단속은 확실하게 하고 가라! 쓸데없는 놈들이 오기라도 하면 귀찮아진다."

"걱정 마십쇼. 평소에도 꼭꼭 잠그고 다니는데요 뭐."

"애들 건 대충시켜서 멕이고."

"옙!"

가든호텔 주차장에 애마인 레인저로버를 주차시킨 담용은 기다리고 있던 심종석과 만나 마포대로를 걸어 경찰공제회 건물 쪽으로 조금 올라갔다.

골목이 있는 갈림길에서 잠시 망설이던 심종석이 방향을 꺾으며 말했다.

"이 골목 근처 같은데?"

심종석의 뒤를 졸졸 따라가던 담용은 몇 발자국 가지 않아서 또 멈췄다.

"어? 저기 있다, 순두부집."

"……?"

담용의 눈에 '이모네 순두부집'이란 간판이 들어왔다.

그러나 목적지가 순두부집이 아니라는 것을 아는 담용은

말없이 심종석의 발걸음을 부지런히 쫓았다.

하지만 두 사람은 몇 발자국 걷지도 않아 금세 걸음을 멈췄다.

"찾았다."

"어디?"

"저기 5층 건물."

심종석이 가리키는 곳은 순두부집 바로 옆에 붙어 있는 건물이었다.

"5층이 확실해?"

"땡벌이란 녀석이 거짓말을 안 했다면 확실하겠지. 상호도 맞는 것 같고……."

"근데 상호가 좀 그렇잖아?"

조금 낡아 보이는 건물은 그리 크지도 않았다.

㈜짱구.

담용의 눈에 들어온 유리창의 상호다.

그런데 빛바랜 선팅지에다 너덜거리기까지 하는 걸 보면 흉내만 낸 상호임을 알 수 있었다.

뭘 전문으로 하는 업체란 간단한 문구조차 없이 달랑 상호만 있다. 진정한 사업체라면 회사의 얼굴인 상호를 저렇듯 방치해 놓지는 않았으리라.

"하하핫, 깡패 놈들의 작명 센스가 다 그렇지 뭐."

"자리에 있겠지?"

"그러지 않아도 땡벌이란 녀석에게서 오래도록 연락이 없다면 움직일 수도 있을 것 같아서, 미리 전화를 하게 해 안심시켜 놨어. 저녁에 권 의원을 치고 연락할 테니 기다리고 있으라고 말이야."

"뭐, 올라가 보면 알겠지."

담용이 5층을 힐끗 올려다보고는 주변을 한차례 훑었다.

딱히 번화한 지역은 아니었는지 제법 많은 식당을 제외하고는 별다른 유흥거리는 보이지 않았다.

그러나 업무 지역이라 점심시간만큼은 우르르 몰려나오는 회사원들로 인해 복잡해질 것 같긴 했다.

"여긴 신촌이나 홍대 쪽과는 달라 유흥가가 많지 않아서 주워 먹을 게 별로 없다더라. 그래서 영등포 도끼파가 자리를 비운 틈을 타서 그쪽으로 옮겨 갈 예정이라고 하더라."

"뭐? 도끼파?"

"응, 마약을 취급하는 바람에 큰집으로 모조리 딸려 들어갔다고 하던데?"

끄덕끄덕.

도끼파에 대해서는 담용이 직접 처리한 일이라 잘 알고 있었지만 굳이 말할 필요를 느끼지 않아 고개만 끄덕였다.

"근데 도끼파 자리가 명 사장이 새로 자리 잡은 곳과 같은 지역인 것 같아서 좀 찜찜해."

"설사 그렇다고 하더라도 아작을 내 버리면 가든파가 그쪽으로 갈 일은 없을 거다."

"하하핫, 그렇기야 하지. 그 친구들 요즘 머리 싸매고 공부하느라 그 지역이 완전 무방비 상태거든."

그 친구들이란 명국성이 패를 말함이다.

"넌 여기서 기다려."

"엉? 호, 혼자서 하게?"

"그래, 넌 튀어나오는 놈들이 있으면 처리해."

담용이 모자를 꺼내 푹 눌러쓰더니 마스크까지 했다.

"괜찮아 보이냐?"

"풋! 한여름에 마스크까지 했는데 뭐가 괜찮겠냐?"

"얼굴만 알아보지 못하면 되는 거지 뭐."

언제나처럼 가능한 한 얼굴을 노출시키지 않으려는 담용이라 약간의 변장을 한 상태였다. 이는 담용 자신이 어디까지나 평범한 회사원이라 생각하는 것에 기인하고 있었다.

담용이 거리낄 것이 없다는 듯 성큼성큼 걸어 건물 입구로 향할 때였다. 별안간 5층 건물 입구로 덩치 두 명이 튀어나오더니 어디론가 부리나케 달려가는 것이 아닌가?

딱 봐도 깡패라는 것을 알 수 있는 허우대들이라 심종석이 담용을 불러 세웠다.

"어? 담용아, 잠깐만."

"상관없다. 나가는 놈까지 굳이 불러서 조질 필요는 없으니까."

"그야…… 근데 저 자식들은 어딜 가는 거지?"

"넌 저 녀석들이 돌아오더라도 그대로 올려 보내."

"야, 야! 혼자서 어떡하려고?"

"괜찮을 테니까 염려하지 마라."

뒤따르려는 심종석의 어깨를 툭툭 치며 안심시킨 담용이 계단을 빠른 속도로 올라갔다.

그래도 심종석의 걱정하는 마음에 뒤통수가 따가웠던지 한마디 더 내뱉었다.

"빨리 처리하고 올게. 권 의원에게도 가 봐야 하니까."

"아직 시간이 있으니 서둘지 않아도 돼."

"갔다 올게."

"아, 씨……. 조심해!"

"걱정 말라니까 그러네."

'쯧.'

내심으로 가볍게 혀를 찬 담용은 가든파와는 하등 접점이 없음에도 불구하고 권영진 의원으로 인해 관련되어 버린 것이 조금 언짢았다.

하지만 전호철 여단장의 부탁을 무시할 수 없다 보니 여기까지 오게 됐다.

타타타탁.

성큼성큼 계단을 올라 순식간에 5층 계단에 이른 담용을 가로막은 것은 철창으로 된 셔터였다.

"어?"

5층으로 올라서기 직전의 계단에서 멈춘 담용이 고개를 갸웃했다. 파이프 셔터에 잠금장치가 되어 있었던 것이다.

"혹시……?"

담용은 방금 나간 놈들을 마지막으로 모두 자리를 비운 것 아닌가 하는 생각이 들었지만, 예민한 청력으로 곧 안에서 인기척이 들려오는 것을 감지하고는 피식 웃었다.

'나름대로 방어막을 쳐 놓은 거로군.'

밤의 세계에서 경쟁 조직의 기습을 방지하는 것이야 상식 축에도 끼지 못하는 기본적인 조치라 할 수 있어 이해가 갔다.

잠시 고민하던 담용은 파이프 셔터의 재질이 알루미늄이 아닌 스테인리스라는 것을 알았다. 하기야 알루미늄의 강도로는 방어망이라고 할 수도 없을 것이다.

굳이 셔터를 망가뜨릴 필요를 느끼지 못한 담용이 자물쇠에 손을 가져갔다.

손쉽게 자물쇠를 쥔 담용이 힘을 주고는 슬쩍 비틀었다.

끼이익.

강력한 힘을 견디지 못한 H형 자물쇠가 엿가락처럼 비틀리더니 어느 순간 뚝 끊어졌다.

이어 조용히 셔터를 올린 담용은 그제야 5층에 발을 디딜 수 있었다.

그리 길지 않은 복도에는 간간이 들려오는 인기척 외에 아무도 보이지 않았다.

인기척이 들려오는 철제문 앞에 선 담용이 문고리를 잡고는 슬쩍 비틀었다.

'어?'

잠겼는지 꿈쩍도 하지 않았다.

'훗! 그래도 만약을 대비한다 이건가?'

파이프 셔터의 조심성이 사무실까지 이어졌는데, 최소한의 방어 장치가 제법 성가시게 만들고 있었다.

하지만 담용에게는 어린애 손목 비틀기보다 더 쉬운 일이다.

손아귀에 힘을 주어 지체 없이 돌리자, '투툭!' 하고 문고리 부속품이 뜯기는 소리가 났다. 그 즉시 '벌컥!' 출입문을 거칠게 밀고 들어섰다.

가장 먼저 눈에 띈 것은 나무 칸막이였다.

쾅! 우지직!

위력 시위라도 하듯 칸막이를 가차 없이 걷어찬 담용이 당당한 태도로 들어섰다.

콰당당당탕—!

나무 칸막이가 박살이 나면서 잡동사니들을 건드렸는지 실내가 대번에 소란스러워졌다.

"누, 누구야!"

"뭐, 뭐야!"

우당탕탕-!

느닷없는 소음에 화들짝 놀란 사내들이 소일하며 늘어져 있던 자세를 풀고는 벌떡벌떡 일어섰다.

그러다 보니 깔고 앉았던 의자들이 제멋대로 나가떨어져 사무실이 더 시끄러워졌다.

그런데 들어선 담용을 보고 모두 어이가 없다는 듯한 제각각의 표정들을 자아냈다.

"뭐야? 이놈……."

"하! 웬 떨거지 녀석이……?"

각양각색의 차림을 한 사내들이 한마디씩 내뱉으며 담용에게로 몰려들었다.

'얼라? 웬 애들이 이렇게 많아?'

근데 애들이라고는 하지만 다들 덩치가 만만치 않았고 나름 험상궂은 표정들을 짓는 건지 우거지상 일색이다.

게다가 맨 앞에 선 녀석은 얼굴에 칼자국까지 나 있었다. 그것도 흉터가 채 아물지 않았는지 벌겋게 불뚝 튀어나와 있었다.

아마도 뭣도 모르고 날뛰다가 한칼 당한 모양새다.

한마디로 훈장이다.

그것으로 더 기세가 산 것일 수도 있어 담용은 살짝 손봐주기로 마음을 먹었다.

어차피 다짜고짜 나올 기세인 걸 보면 가장 먼저 부딪칠 녀석이었다.

'거참…….'

머리에 피도 안 마른 애들을 보고 있자니 입맛이 쓸 수밖에 없는 담용은 한편으로 이놈들이 더 무서울 수도 있겠다는 생각을 했다.

"이 새끼, 너 어디서 왔어?"

칼자국 사내가 목소리를 높이며 담용의 앞을 떡 가로막고 섰다.

"쩝, 애들은 좀 빠지고……. 어른은 없냐?"

"씨불 넘이 어디서……."

"됐고."

어린놈에게 욕을 먹는 게 싫었던 담용이 미끄러지듯 다가서더니 싸대기를 한 대 갈겨 버렸다.

짜악!

"악!"

쭈르르르……. 쿠당탕! 콰다다당탕탕!

비록 싸대기일지라도 당하는 놈은 벼락이나 다름없는 위력이었다. 자연 엄청난 파워에 밀린 사내의 몸뚱이가 책상과 의자 등 집기들을 헤치고 벽까지 밀려 버렸다.

퍽!

"크으윽!"

적지 않은 충격을 받았는지 쉬 운신을 못 하던 사내가 그만 길게 드러누웠다.

실상은 목뼈가 부러지고도 남았을 강력한 타격이었지만, 손 속에 사정을 둔 담용이 밀어내듯이 친 가격이라 중상을 당한 것은 아니었다. 그렇더라도 적지 않은 충격이었는지 사내는 쉽게 정신을 차리지도 일어나지도 못했다.

그런 소란이 거슬렸음인가?

벌컥!

사무실 안쪽의 문이 거칠게 열리면서 대뜸 고함이 터져 나왔다.

"야, 이 새끼들아, 왜 이리 시끄러워! 조용히 하지 못해!"

고함을 지른 사람은 짱구였다.

그러지 않아도 조대팔에게 되지도 않는 욕을 바가지로 먹고 있던 터에 신경을 자극하는 떠들썩한 소음에 화풀이 대상을 찾았다는 듯 고함을 지른 것이다.

한데 곰 같은 덩치에 걸맞은 부리부리한 눈으로 뭔가 새까만 것이 들이닥친다 싶은 순간, '딱!' 하는 소리와 함께 돌연 정신이 아득해지는 짱구다.

"윽!"

비틀!

억눌린 신음에 이어 육중한 거구가 휘청한다 싶더니 한 바퀴 빙글 돌았다.

그때 이마 한가운데 틀어박히다시피 한 바둑 돌 하나가 툭 떨어지자, 불도장처럼 시뻘건 자국이 드러났다.

하지만 짱구는 이미 뇌리가 하얗게 변한 상태였다.

'띵!' 하는 느낌에 이어 순간적으로 들이닥친 극도의 현기증.

빙글빙글.

세상이 마구 돌고 있었다. 자연 중심을 잡지 못하는 짱구의 몸뚱이가 빈 자루처럼 허물어지는 것은 금세였다.

콰당-!

육중한 덩치가 쓰러지자, 건물이 한차례 떠르르 했다.

그렇게 짱구는 영화 속의 엑스트라처럼 등장과 동시에 사라졌다.

"어어! 저, 저……."

"뭐, 뭐야? 갑자기 왜 저러지?"

적지 않은 사내들이 담용에게 쏠렸던 시선을 짱구의 육중한 덩치가 쓰러진 곳으로 돌리더니 저마다 경악성을 뱉어냈다.

사내들은 짱구가 갑자기 쓰러진 연유를 몰라 어리둥절한 표정만 자아낼 뿐 선뜻 다가가지도 못하고 어쩔 줄을 몰랐다. 그러다가 퍼뜩 정신을 차렸는지 키가 장대같이 큰 사내가 소리쳤다.

"씨파! 두목의 복수다! 다구리 쳐!"

"맞다! 저 자식, 조져 버려!"

"쓰발, 조져!"

장대 사내의 말을 신호로 모두들 손에 닥치는 대로 무기를 집어 들고는 담용에게로 덤벼들기 시작했다.

그러나 먼저 움직인 사람은 담용이었다.

사내들에게 짓쳐 든다 싶던 담용이 의자를 들고 가장 먼저 쇄도해 오는 장대를 향해 정권을 질러 갔다.

퍼어억! 와작! 와지직!

휘돌리던 의자가 박살 나면서 그대로 직격한 정권이 장대의 가슴팍을 가격했다.

"커컥!"

장대의 억눌린 신음을 흘려버린 담용의 신형이 좌측으로 비스듬히 기울면서 돌았다. 당연히 쭉 뻗은 다리와 발이 따라 휘돌았다.

퍼억!

발뒤꿈치로 콧김을 뿜어 대며 짓쳐 들던 사내가 걸렸다.

"컥!"

내려찍기 공격에 어깨를 강타당한 사내의 몸이 짜부라지듯 주저앉을 때, 재차 빙글 돈 담용이 왼발을 박차더니 신형을 붕 띄웠다.

이어서 아예 마음먹고 오른발에 잔뜩 힘을 준 담용이 책상을 내려쳤다.

쾅―! 콰지직!

엄청난 굉음과 동시에 철제 책상이 V 자로 움푹 우그러진 채 풀썩 내려앉았다.

이에 떼거리로 덤벼들던 사내들이 귀를 찢는 듯한 굉음과 압도적인 파워에 대번 기가 질려 버렸는지 분분히 물러섰다.

"애송이 놈들아, 지금부터 한 발짝이라도 움직이는 놈이 있으면 결코 용서하지 않을 것이다. 그러니 알아서 기도록 해라."

"이런! 우라질 새……. 컥!"

담용의 말에 욱한 사내 하나가 분연히 나섰다가 돌연 외마디 비명을 지르더니 갑자기 비틀비틀하다가 고꾸라져 버렸다. 예의 짱구를 쓰러뜨렸던 바둑알이 이번에도 사내의 이마에 정통으로 명중된 까닭이었다. 그것도 바둑알의 측면이 아닌 바닥 면에 맞은 자국이 선명했다.

자연 흠칫할 수밖에 없었던 사내들은 이어진 담용의 말에 옴짝달싹도 못한 채 그 자리에 얼어붙었다.

"다음에 움직일 녀석은 누구냐? 곧장 골로 보내 줄 테니 자신 있으면 움직여 봐라."

자그락. 자그락.

몇 개의 바둑알을 허공으로 던졌다 받았다를 반복하며 사내들을 응시하는 담용의 안색은 이미 얼음장같이 차가워져 있었다.

일련의 일들을 삽시간에 끝낸 담용이 느닷없이 '틱!' 하고 구슬치기하듯 바둑알 한 개를 튕겼다.

쉭!

쇳소리와도 같은 파공음이 들린다 싶은 순간 '퍼펑!' 하고 박스형의 컴퓨터 모니터가 터져 버렸다. 바로 ㈜짱구에서 근무하는 미스 진이란 직원이 사용하는 컴퓨터였다.

그런 사실을 알 리가 없는 담용은 새파란 애송이 사내들에게 엄포를 놓고 있었다.

"짜식들아! 한 번만 더 깐죽거렸다간 누구든 저렇게 될 줄 알아!"

"……."

담용의 위력 시위에 그만 주눅이 들어 버렸는지 모두들 입을 조개처럼 다물고는 숨도 제대로 쉬지 못했다. 그도 그럴 것이 까딱하다간 박살 난 수박처럼 자신의 머리통도 깨질 수 있다는 생각이 뇌리에 가득했기 때문이었다.

이로 보아 아직 애는 애들인 것 같기도 했다.

세상의 흉험함에 대해 보고들은 경험이 일천한 데서 나오는 감정의 기복이 심한 나이다. 하지만 여건이 주어지고 분위기만 만들어지면 물불을 안 가리는 나이이기도 했기에 두려운 면도 없지 않아 있었다.

"어이, 너!"

"……?"

"거기 땅딸한 너 말이다!"

"저, 저……요?"

담용의 지적에 땅딸막한 사내가 더듬대며 손가락으로 자신을 가리켰다.

"그래, 너! 이름이 뭐야?"

"따, 땅딸인데요?"

"그래, 땅딸이. 애들을 전부 저기 상담실 안으로 들어가게 해."

"아, 예. 예."

"그리고 나오라고 할 때까지 쥐 죽은 듯이 처박혀 있도록 해. 밖에 내 동료들이 잔뜩 와 있으니 행여 탈출할 생각은 꿈도 꾸지 마라. 알았나?"

"예, 예."

겁에 잔뜩 질린 땅딸이라 불린 사내가 서둘러 동료들과 함께 축 늘어진 짱구를 들고는 상담실 안으로 들어갔다.

"누, 누구셔?"

짱구의 뒤를 따라 나왔다가 넋을 놓고 구경하던 강용석이 그제야 입을 뗐다.

사실 담용의 압도적인 위력 시위에 조금은 졸아 버린 강용석이라 말까지 더듬댔다.

"여기 두목에게 볼일이 있는 사람."

"여기 두목? 짜, 짱구 말인가?"

"짱군지 짱돌인지 그놈 좀 나오라고 해."

"모, 목적이 뭐냐?"

"네놈이 짱구냐?"

"마, 말이 많이 짧네."

"자신이 있으면 덤벼 보든가."

덤비라니!

솔직히 자신이 없다. 그렇다고 순순히 물러났다가는 안에서 기다리는 조대팔에게 칼침 맞기 딱이다. 강용석은 사생결단이라도 할 것처럼 폼을 잡고는 대뜸 상의를 벗어 던지더니 넥타이에 이어 단추도 풀지 않은 채로 와이셔츠마저 벗었다.

투둑. 투두둑.

단추가 와드드 떨어져 나가고 훌떡 벗어젖힌 와이셔츠를 던져 버린 강용석이 목청껏 소리쳤다.

"이 씨불 넘아, 여기 온 목적이 뭐냐고 묻잖아, 새꺄!"

어째 안에 있는 조대팔이 들으라는 듯한 쇼에 가까운 행동으로 보였다. 아울러 우람한 근육을 자랑이라도 하듯, 아니 위협 시위라도 하듯 부지런히 꿈틀댔다.

어쨌든 거기에 응답하듯 강용석의 기대를 저버리지 않은 조대팔이 출입문을 걷어차며 모습을 드러냈다.

텅-!

"야, 험비, 왜 이리 시끄럽냐!

BinDER
BOOK

세상에서 가장 더러운 직업

별도로 마련된 사무실에서 주문한 음식이 오기만 기다리고 있던 조대팔이 마침내 참지 못하고 모습을 드러냈다. 한눈에 봐도 짜증이 진득한 얼굴이다.

"그, 그게……."

"왜 말을 못 하고 더듬거려? 저리 비켜 봐!"

조대팔이 강용석을 밀치고 앞으로 나섰다.

"거참, 짱구 녀석 얼굴 한번 보기 힘드네."

조대팔의 출현에 그가 짱구라고 여긴 담용이 성큼 한 발 내디디며 손가락을 까닥거렸다.

"어이, 네가 짱구냐?"

"뭐? 내가 짱구냐고? 너…… 지, 지금 나보고 한 소리냐?"

난데없는 소리에 조대팔은 눈가 주름이 한껏 찌그러지면서 이게 뭔 말인가 하는 눈치다. 그러다 담용의 시선이 자신에게 꽂힌 것을 보자 조대팔은 그제야 자신을 가리키며 한 말임을 확실히 알았다.

일순 어이가 없다는 표정을 자아낸 조대팔이 강용석을 쳐다보았다.

퍽!

"악!"

느닷없이 정강이뼈를 까인 강용석이 비명을 지르더니 펄쩍펄쩍 뛰었다.

"얌마, 이게 뭔 소리야?"

"혀, 형님, 미친놈이 하는 말이니까 신경 쓰지 마십시오. 내 이놈의 자식을 그냥……."

우둑. 우두둑.

겅중거리다 말고 다시 한 번 우람한 덩치의 근육을 꿈틀대며 위협 시위를 한 강용석이 담용에게로 다가섰다.

"애송이 놈이 겁대가리를 상실한 모양인데, 어딜 자근자근 만져 줄까?"

조대팔이 나오자 강용석은 조금 전에 잃었던 자신감을 다시 회복했는지 걸음걸이가 당당해지면서 기세가 살아났다.

"푸헐! 건드리기만 해도 터지는 물 풍선 같은 근육을 가지고 내 앞에서 재롱 떠냐?"

"씨불 넘이, 주둥이만 살아서……."

"거참, 촉새같이 말 많은 놈일세."

"이익! 저, 저 새끼가!"

와다닥! 텅!

담용의 안하무인격인 말투에 대번 분기탱천한 강용석이 득달같이 달려 점프를 하더니 책상을 박차고는 담용을 덮쳐 갔다. 이른바 힘과 덩치를 앞세운 막무가내식의 육탄 공격이다. 싸움 기술은 어떨지 몰라도 기세 하나만큼은 무시하지 못할 정도로 드세어 보였다.

그러나 귀신 앞에서 머리를 풀어 헤친 격이다.

강용석의 드센 육탄 공격에도 꿈쩍하지 않은 담용이 상체만 슬쩍 비틀었다. 이어서 깔아뭉개려는 상대의 가슴팍을 오른손으로 배구공을 토스하듯 퉁겨 버렸다.

턱!

"컥!"

일견 가볍게 퉁기는 것처럼 보였지만 은연중 차크라의 기운이 가미된 터치는 결코 가볍지 않아 강용석이 괴로운 신음을 토해 낼 정도의 충격이었다.

퍼억! 콰지직.

강용석의 육중한 체구가 준비실, 즉 흔히들 말하는 탕비실의 가림막을 박살 내며 사정없이 처박혀 버렸다.

쿠당탕탕!

"크으으윽!"

"아, 아니! 저……."

전혀 힘들이지 않은 타격에 패대기쳐진 개구리 신세가 된 강용석의 모습을 본 조대팔의 눈가에 파르르 경련이 일었다.

그가 당장이라도 찢어 죽일 듯한 눈초리로 담용을 노려보며 한 발자국 내디딜 때, 패대기쳐졌던 강용석이 '이야아아!' 하고 기합을 넣으며 돌진해 왔다. 하기야 제풀에 넘어진 격이니 데미지가 있을 리가 없어 발악하는 것이다.

'쯧!'

혀를 찬 담용이 한쪽 발을 올리고 있던 의자를 차올리는 묘기를 부리더니, 강용석 쪽으로 축구공을 차듯이 냅다 질러 버렸다.

텅-! 슈아악!

담용의 발이 닿는 순간 형편없이 구겨진 접이식 철제 의자가 무시무시한 속도로 강용석을 향해 덮쳐 갔다.

"헉! 피, 피해!"

가공할 속도에 조대팔이 황급히 소리쳤다.

"어헉!"

하지만 돌진해 오느라 미처 피할 새가 없는 강용석은 헛바람만 불어 내고는 다급히 양팔을 들어 머리를 보호했다.

떵-!

"으윽!"

강용석의 입에서 억눌린 비명이 흘러나옴과 동시에 휴지처럼 구겨진 철제 의자가 나동그라졌다.

'흐흡!'

엄청난 위력 시위에 조대팔 역시 적지 않게 놀란 표정이 되어 자신의 발치로 떨어진 의자와 담용의 발을 번갈아 쳐다보았다.

형체를 알아볼 수 없을 정도로 완전히 부서진 의자의 파편으로 봐서는 담용의 발도 성치 않으리라고 여겼는데 웬걸, 두툼한 랜드로바 신발이긴 했지만 흠집 하나 없이 멀쩡했다.

물론 아픈 기색이라곤 눈 씻고 찾아봐도 없었다.

이 역시 차크라를 운용한 덕임을 조대팔이 어찌 알 수 있을까?

쿵!

조대팔의 심장이 내려앉는 소리다. 그와 동시에 오장육부로 싸늘한 바람이 전해졌다.

'뭐, 뭐야? 저 자식…….'

담용의 여유가 더 질리게 만들었는지 조대팔의 이마에 굵고도 깊은 고랑이 파였다.

"이봐, 네 녀석이 짱구냐고 묻잖아?"

담용의 그 한마디에 조대팔의 뇌리는 찰나간에 이성이 물러나고 감성이 대신 자리를 잡았다.

명색이 홍대파 행동대장인 사시미다.

"킁! 싸가지를 밥 말아 먹은 새끼!"

이성 대신 자리 잡은 감성이 대번에 조대팔의 목에 거머리 같은 핏대를 만들었다.

"네놈…… 소속이 어디냐?"

"소속?"

"그래. 혹시 신촌파냐?"

"훗! 난 그딴 것 없어."

"뭐라? 그럼 독고다이?"

"잡설은 그쯤하고…… 너 좀 맞아야겠다."

"뭐? 이 자식이! 내가 누군 줄 알고……."

"짱구 아니었어?"

"하! 이 자식 이거…… 미친놈 아냐?"

"아냐?"

"씨발아, 내가 어딜 봐서 짱구 같으냐?"

"엉? 그럼 넌 누군데?"

"난……."

"아쒸! 형님, 지금 뭐 하는 겁니까? 좀 비켜 봐요."

널브러지자마자 벌떡 일어섰던 강용석이 지켜보고 있다가 답답했던지 씩씩대며 조대팔을 제치고 앞으로 나섰다.

"야, 새꺄! 신촌파 똘마니도 아니면 네놈이 이곳에 온 목적이 뭐냐고?"

"그 자식 입 한번 거네. 내 경고하지, 죽을 만큼 얻어맞지 않으려면 주둥이를 조심하는 게 좋을 거다."

"흥! 또라이 같은 새끼가 어딜 와서 깃까불고…… 헛!"

같잖다는 듯 코웃음을 지으며 말을 내뱉던 강용석은 별안간 눈앞을 가득 채워 오는 그림자에 눈이 화등잔만 해지면서 다급히 헛바람을 불어 냈다. 그와 동시에 본능적으로 몸을 비틀었다.

하지만 늦어도 한참이나 늦은 회피 동작이라 기어코 일격을 허용하고 말았다.

뻐억!

어느 결에 다가와 내지른 발차기 한 방!

당연히 적지 않은 힘이 실린 담용의 발차기는 강용석의 광대뼈 부분을 정확하게 가격했다.

"커억!"

운동에너지에 밀린 신체가 한 바퀴 빙글 돈다 싶더니 저만치 나가떨어져 '퍽!' 하고 벽에 부딪친 후 주르르 주저앉으면서 구겨졌다.

"어헛!"

이를 보고 폐 속의 공기가 밀려 나오는 현상은 조대팔도 예외는 아니었다. 그도 그럴 것이 홍대파의 행동대장인 자신의 오른팔이 손도 써 보지 못하고 단 일격에 뻗어 버린 모습이 도무지 믿기지 않은 때문이었다.

더 놀라운 것은 군더더기 하나 없는 유려한 발차기인 데다 그 위력이 엄청나게 가공하다는 점이었다.

'씨펄! 별로 안 좋네.'

조대팔은 직감적으로 자신이 오늘 운이 없다는 것을 알았다.

놈이 혼자라지만 그만한 자신감이 없었다면 나타나지도 않았을 것이다. 조대팔은 그 점이 더 두려웠다.

"짜식이, 내말을 똥구녕으로 들어 처먹었나? 경고할 때 알아들었어야지. 미련한 자식 같으니……."

'씨파!'

험비라 불릴 만큼 떡메 같은 덩치의 강용석이 단 한 방에 골로 간 걸 보니 저도 모르게 공포가 전염이 되는 기분인 조대팔이었다.

조대팔 자신도 그렇게 할 자신이 없다 보니 자신감이 슬며시 이탈하는 것은 당연했다.

"어이, 자네가 짱구기 아니더라도 대화를 좀 해 보고 싶은데…… 괜찮지?"

"저, 정체부터 밝히는 게 순서인 것 같은데?"

여유를 보이는 담용의 행동에 비해 말까지 살짝 떨려 나오는 조대팔이다.

"풋! 깡패 새끼들하고 무슨…… 내가 마스크까지 한 걸 보면 대충 눈치를 채야지. 글고 네놈들에게 내보일 이름 같은 건 없으니까, 그냥 순순히 묻는 말에 대답해 주는 게 어떨까?"

'이놈이!'

보자 보자 하니 한도 끝도 없이 들이댄다.

자연 믿는 구석이 있는 조대팔의 행동이 기민해지기 시작했다.

"지랄!"

신경질적으로 한마디 내뱉은 조대팔이 재빨리 상의 주머니에서 가죽 덮개가 씌워진 길쭉한 회칼 즉 일본말로 사시미칼이라 부르는 칼을 꺼냈다.

츠릿!

가볍게 손목을 털자 가죽 덮개가 벗겨지면서 바닥으로 떨어졌다.

이어서 드러난 시퍼렇게 벼려진 칼날.

보기만 해도 섬뜩한 것이, 회칼의 단면이 마치 갓 잡아 올린 갈치가 요동치는 듯한 물결무늬를 연상케 할 정도로 시퍼런 예기를 띠고 있었다. 조대팔의 주 무기이자 몸에서 한시도 떼 놓지 않는 애병인 만큼 애지중지하며 관리를 해 왔다는 뜻이다.

하지만 담용의 입에서 나온 말은 섬뜩한 분위기와는 전혀 어울리지 않았다.

"풋! 꽤 재미난 장난감을 지니고 있었군그래."

"흐흐흣, 재미난 장난감인지 네 배때기 속의 내용물을 확인시켜 줄 흉긴지는 두고 보면 알겠지."

스슥. 스스슥.

호리호리한 체구가 말해 주듯 발놀림이 심상치 않은 조대팔이었다. 몸을 흔들거리며 회칼을 양손에 번갈아 쥐어 가는 모습으로 보아 숙련된 솜씨 같았는데, 아울러 여차하면 폭발적인 움직임을 보일 태세다.

그러면서도 입을 가만두지 않았다.

"애송이 놈, 어디 얼마나 실력이 있는지 좀 보자."

회칼을 손에 들자 부쩍 자신감이 들었는지 말투에도 힘이 실렸다.

'잘됐군. 대련할 작자가 없었는데…….'

담용으로서는 불감청고소원이었지만 입에서 나오는 말은 전혀 달랐다.

"이봐, 경고하는데…… 칼을 순순히 내려놓고 항복하는 게 좋을 거다."

"쿡! 미친…… 어디 한 군데 쭉 째지고도 그런 소리가 나오나 보자고."

"쯧! 말귀를 못 알아듣는 놈들이 왜 이리 많은지 모르겠군. 다시 한 번 말하는데, 후회하기 전에 그 칼 놓지그래?"

"정말…… 간땡이가 부은 놈이로군."

스슥. 슥. 스슥.

조대팔은 스텝이 조금 더 빨라지면서 본격적인 자세를 취하기 시작했다.

'쯧, 도발에 쉽게 걸려오는 놈이었군.'

"그걸 꺼내 들었으면 네 목숨도 걸었다는 것쯤은 알고 있겠지?"

"지랄!"

쑤욱!

담용의 말에 신경질적인 반응을 보인 조대팔이 회칼을 쭉 내밀었다.

한데 쭉 내민 회칼 앞으로 담용이 무방비 상태로 불쑥 다가서는 것이 아닌가?

"이런! 이제 보니 정말 미친놈이었어."

조대팔이 질세라 한 발 다가서면서 회칼을 상하좌우로 연거푸 찔러 댔다.

츄욱! 휘릭! 츄욱! 휘릭! 츄욱! 츄욱! 츄욱!

찌르고 스냅, 찌르고 스냅, 찌르고, 찌르고, 찌르는 속도가 장난 아니게 빨랐다. 상대가 만만치 않음을 알고는 초장부터 사정없이 맹공을 퍼붓는 조대팔이다.

흔들흔들. 흔들흔들.

스텝도 밟지 않고 상체를 슬쩍슬쩍 흔드는 것만으로 용케도 난무하는 회칼 공격을 피해 내는 담용이다. 하지만 그야말로 보는 이로 하여금 간이 콩알만큼 쪼그라들게 만드는 아슬아슬한, 간발의 차다.

그런데 어느새 조대팔의 왼손에도 회칼 하나가 더 쥐여 있는 것이 아닌가?

"호오! 양손잡이 칼잽이라……."

"꿇어, 새꺄!"

휙! 휘익! 슬쩍. 스을쩍.

좌우로 휘둘러 대는 회칼 공격을 가벼운 림보 동작으로 피해 냈다.

척! 츄축! 흔들흔들.

무작위로 찔러 오는 회칼 공격은 상체만 뒤트는 것으로도 피하는 데 전혀 지장이 없었다.

그렇게 삶과 죽음의 경계에서 노는 것까지는 아닐지라도 누가 봐도 위태위태한 공방이 한동안 지속됐다.

슉! 슈슉! 슬쩍. 슬쩍.

한사람은 피하고 한사람은 공격 일변도인 광경이 연출되면서 실내는 점점 살기가 더해져 흉험의 극치로 치달았다.

빠직! 콰지직! 쿵쿵. 텅텅텅…….

시간이 흐르면서 두 사람이 밟아 대는 스텝에 의해 탁자와 의자들이 마구 뒤집히고 부서지며 실내는 점점 난장판으로 화해 갔다.

그러나 난장판이 되어 가는 실내는 아랑곳없이 담용은 차크라의 무명화를 피운 이후 한결 가벼워진 몸놀림을 실험하느라 시간 가는 줄을 몰랐다.

수련은 수련, 대련은 대련, 실전은 실전일 뿐이라지만 이는 각기 엄청난 가치를 지니고 있다. 즉, 대련조차 할 상대가 없는 담용은 작금의 실전으로 인해 엄청난 묘리를 터득하고 있는 중이었다.

하지만 그런 와중에도 시선은 시종 조대팔의 손끝에서 한시도 떠나지 않고 있었다. 이유는 언제 조대팔의 손을 떠난 회칼이 날아들지 몰라서였다.

그렇게 시간이 흐르면서 조대팔은 악다구니가 머리 꼭대기까지 뻗쳤고, 담용은 갈수록 몸놀림이 자연스러워지다 못해 이제는 찰나간에 피해 내는 아슬아슬한 곡예까지 하고 있는 중이었다.

'허……헙! 허……헙!'

'엥?'

분명히 가빠져 오는 호흡을 억지로 참으려는 기척이다.

'얼라? 고작 몇 분 지났다고 벌써 헉헉대?'

보지 않아도 술과 담배에 찌든 몸뚱어리다 보니 그런 현상이 나타나는 것이 이상하지 않다.

'쩝! 이쯤에서 끝내야겠군. 기술도 다 나온 것 같으니…….'

"헉헉헉! 씨파, 좀 걸려라! 헉! 헉!"

마침내 꾹꾹 눌러 참고 있었던 가쁜 숨을 부지런히 토해 내는 조대팔이다.

"쯧쯔쯔……. 그새 지쳤냐?"

"웃기지 마, 새꺄!"
반복되는 공격 패턴에 밑천이 다 드러난 마당인 것 같아 담용은 기회를 엿보면서 한마디 내뱉었다.
"이봐, 이만 항복하는 게 어때?"
"후욱! 어림……없는 소리! 훅훅! 훅! 훅!"
입을 열자 한층 더 가빠지기 시작하는 숨소리!
"헉! 헉! 미꾸라지 같은 놈!"
그동안 억지로 참아 왔던 호흡을 이제는 숨길 것도 없다는 듯이 마구 토해 내는 조대팔이다.
아울러 기민하게 움직이던 동작이 내뱉는 호흡과 더불어 잠시 둔해지는 것은 어쩔 수 없었다.
"지루하군."
"쳐 죽일 새끼!"
담용의 이죽거리는 말투에 이를 악문 조대팔이 마지막 발악이라도 하려는 듯 동작이 커졌다.
그때를 노린 담용이 막 투척하려는 자세를 잡던 조대팔의 오른 손목을 순간적으로 찍듯이 내리쳤다.
빠각!
"컥!"
탱캉!
회칼이 바닥에 떨어지는 소음을 신호로 두 사람의 손과 발이 동시에 엇걸렸다.

"먹엇, 새꺄!"

오른손을 늘어뜨린 조대팔은 악바리가 되어 넘어지면서까지 왼손에 든 회칼을 한껏 휘둘러 담용의 가슴팍을 그어 갔다.

그러나 담용은 손날 치기를 끝낸 직후 이미 몸을 비스듬히 누인 터라 조대팔의 마지막 한 수는 '쉭!' 소리를 내며 허공만 긋고 지나가 버렸다.

그러곤 몸을 기울이면서 시도한 오른발 올려 차기가 조대팔의 관자놀이에 걸렸다.

빠걱!

한 치의 착오도 없는 타이밍과 거리감은 광대뼈가 함몰되는 소리를 냈다.

"꺼억!"

주르르르. 철퍼덕!

'헐! 너무 심했나?'

발등에 걸리는 감각이 제법 실했던 탓에 담용은 은근히 조대팔이 걱정됐다.

그때 문이 열리면서 중국집으로 달려갔던 개차반과 개구신이 들어왔다.

이내 한눈에 들어온 난장판에 기겁한 두 사람의 입이 떡 벌어졌다.

"헉! 이, 이게 뭐야?"

"어, 어느 놈이……?"

막 발작하려는 두 사람의 귀로 손만 대도 얼어 버릴 것 같은 냉랭한 담용의 목소리가 들려왔다.

"네놈들도 한패거리더냐?"

'헛!'

'오메야!'

담용의 얼음장 같은 말투에 내심 식겁한 개차반과 개구신이 다리를 후들거리면서 대답했다.

이어 순간적인 기지가 두 사람을 살렸다.

"아, 아뇨. 저, 저흰…… 배, 배달하러 왔는뎁쇼?"

"아아. 그, 그럼요. 여, 여기……."

그렇게 말하면서 철가방을 머리 위로 쳐들어 보이는 개차반과 개구신이다.

후들. 후들들들…….

서너 개의 흉터를 달고 있는 얼굴은 어디를 내놔도 흉기인 녀석들이 필사적으로 떨리는 몸을 진정시키려고 애를 쓰는 모습이 너무나 어색했다.

'이런! 녹은 치즈처럼 물렁한 녀석들 같으니…….'

담용은 빤히 알고 있었지만 모르는 척 넘어가 주었다.

어둑해진 시각, 영등포로타리 인근의 권영진 의원 사무실.

또로로, 또로로로…….

자신의 집무실에서 한창 업무를 보고 있던 권영진 의원은 자신의 전용 버튼에 불이 오는 것을 보고는 수화기를 들었다.

"여보세요? 권영진 의원입니다."

—의원님, 경호팀장인 심종석입니다.

"아! 심 팀장, 안 보이던데 지금 어딘가?"

—사무실 근처에 있습니다.

"왜? 들어오지 않고……?"

—오늘 오기로 했던 육담용 씨와 같이 있습니다.

"육담용 씨라면, 전호철 여단장이 말했던 그 친구 말인가?"

—그렇습니다.

"그럼 어서 모시고 들어오게."

—그게…… 좀 곤란합니다.

"응? 무슨……?"

—죄송하지만 의원님께서 잠시 나와 주시면 안 되겠습니까?

"그거야 어려울 것 없지만……."

—자세한 얘기는 만나서 말씀드리겠습니다.

"하면 내가 어디로 가면 되겠는가?"

—저흰 이곳 지리를 잘 몰라서…… 어차피 의원님께서도

저녁 식사를 하셔야 하지 않겠습니까?

"때가 되긴 했지."

—조용히 이야기할 수 있는 마땅한 장소를 말씀해 주시면 저희들이 그쪽으로 가겠습니다.

"흠."

잠시 생각에 잠겼던 권영진 의원이 곧 입을 뗐다.

"중요한 얘기요?"

—아, 잠시만요.

수화기 너머의 상황이 잠시 깜깜해졌다.

권영진 의원은 심종석이 육담용에게 내용에 대해 물어보는 것이라 짐작했다.

곧 숨소리가 들린다 싶더니 말소리가 들려왔다.

—의원님, 중요한 얘기랍니다.

"그렇다면 지역구는 곤란하니 다른 곳으로 가야겠군. 목동이 어딘지는 알지?"

—예.

"혹시 녹두빈대떡 좋아하는가?"

—그럼요. 없어서 못 먹죠, 후후후.

"그렇다면 목동 쪽으로 가게. 가다 보면 오목교가 나오네. 다리를 건너자마자 우회전하다 보면 좌측으로 두 번째 골목에 허름한 식당이 하나 있네. 식당 이름이 진고갤세."

—진고개요?

"그러네. 주인 할머니께 전화를 해 놓을 테니, 그리로 가게."

-알겠습니다.

"그럼 거기서 보세나."

-아! 잠깐만요.

"응?"

-죄송하지만 의원님 혼자 오십시오.

"나 혼자오라고?"

-예.

"육담용 씨 말인가?"

-예, 그렇게 해 주셨으면 하네요.

"흠, 알았네."

진고개 식당.

쪽방같이 작은 방이었지만 주인의 심성을 알 수 있을 정도로 안온한 맛이 있었다.

두레 밥상에는 막걸리가 담긴 양은 주전자와 술잔 두 개 그리고 가운데엔 먹음직한 빈대떡이 놓여 있었다.

첫 만남이 있자마자 이미 간단하게 수인사를 끝낸 담용과 권영진 의원은 서로를 탐색하듯 잠시 말이 없었다.

심종석은 이미 동료들에게 돌아간 터라 자리에 없었다.
이윽고 한참이나 연장자인 권영진 의원이 담용의 술잔에 막걸리를 채우며 입을 열었다.
"말을 편하게 해도 되겠는가?"
"그러십시오. 저도 그게 더 편합니다."
쪼르르. 쪼르르르르르…….
"하긴 전 여단장이 말하길 질녀와 결혼할 사이라고 했으니 내게도 조카뻘이 되는 셈이니…… 나도 편하게 대할 테니 자네도 편하게 대해 주게나."
"그러겠습니다. 제가 한 잔 따르겠습니다."
대답 끝에 주전자를 얼른 건네받은 담용이 권영진 의원의 술잔에 막걸리를 따랐다.
쪼르르르…….
"전 여단장 그 친구가 괜한 말을 한 것 같지는 않군그래."
"여단장님께서 무슨 말을 하셨는지는 모르겠지만, 아마도 데리고 있던 부하가 우연히 조카와 인연이 되다 보니 좋게 포장해서 말씀하신 걸 겁니다."
"허허, 내가 전 여단장을 모른다면 그런 생각을 했겠지만 불행히도 너무 잘 알다 보니 자네가 겸사하는 것으로 들리네만……."
"하핫! 나이가 아직 일천한데 제가 잘나면 얼마나 잘났겠습니까? 아무튼 잘 봐주시니 감사합니다."

"허허헛, 보다시피 세간에서 말하는, 가장 더러운 직업에 몸담고 있는 나일세."

"별말씀을……."

"천만에. 괜히 하는 말이 아닐세. 특별한 조직도 없이 생전 처음 뛰어든 정치판에서 이전투구하다 보니 어느새 2선 의원이 되었네만, 지금도 내 유일한 무기는 진심에 대한 호소라네. 이 말…… 믿겠나?"

전은 이렇다 후는 저렇다는 말 한마디 없이 대뜸 물어 오는 말에 담용도 머뭇거림 없이 대답했다.

"믿습니다."

"허어! 어찌 그리 쉽게 믿나? 나…… 정치꾼일세."

"진정 정치꾼이시라면 다시 한 번 생각해 봐야겠지만, 여단장님께서 의원님이 바른 정치인이라고 하셨으니 당연히 믿는 마음이 크지요. 그리고 믿지 않았으면 여기 오지도 않았겠지요."

"허허헛, 그런가?"

"……."

"누구나 살아가면서 탐욕에 노출되고 죄에 연루되네. 나 역시 그런 범주의 사람이고. 그러나 한 번이라도 진심에 대해 생각하고 반성하거나 고민할 기회를 가지려고 노력한다네. 또 그때마다 삶의 결을 달리하려고 애쓰기도 하지."

"세상의 경쟁과 갈등은 대부분 탐스러운 가치의 획득을 둘러싸고 일어나니, 너나없이 거기서 자유롭지는 못할 겁니다. 하나 의원님께서 소박하지만 당당한 실천으로 앞으로 나아가길 원하신다면, 모자란 사람이지만 제 동료들과 함께 힘을 모으는 데 주저하지 않을 것을 약속드립니다."

"헐! 나란 사람을 방금 봐 놓고 그런 말을 쉽게 할 수 있는가?"

'후훗, 당연히 할 수 있지요.'

이는 이미 일곱 번째 차크라인 무명화를 피운 경지라 감응동교가 가능해진 탓이다.

감응동교란 상대방과 나와의 감응이 교류하는 것을 말한다.

하지만 상대방이 담용의 경지에 이르지 않은 탓에 일방통행인 상황일 수밖에 없다. 즉, 담용만이 권영진 의원의 기운을 읽을 수 있는 것이다. 이제 그는 뭇사람들의 감정까지 자유자재로 읽을 수 있는 능력이 생긴 것이다.

"제가 아직 이립而立도 안 된 어린 나이지만, 제 입에서 뱉은 말 정도는 지킬 줄 압니다. 그러니 앞으로 두고 보시지요."

"나이가 많고 적음이 무슨 문제가 되겠는가? 정치판에서는 나잇값도 못하는 늙은이들이 수두룩한 판국인데……."

쭈우욱.

일부러 그러는지 소리 나게 한 잔 들이켠 권영진 의원이

빈대떡 한 점도 먹지 않고 술잔을 내밀었다.

"허허헛, 젊은이에게 그런 소릴 들으니 기분이 좋구먼. 자, 한 잔 더 따라 보게."

"예."

쪼르르르…….

"이보게 담용 군."

"말씀하시지요."

"자네를 오늘 처음 봤는데도 친근함이 느껴지니 이게 무슨 일인지 모르겠네."

'후훗, 당연히 그럴 겁니다.'

좋은 인상을 주기 위해 일부러 차크라의 보라색 꽃을 피우고 있는 담용이었으니 당연한 반응이었다.

보라색 꽃은 바로 여섯 번째 차크라로, 제3의 눈이라고 불리는 인당혈에서 피어난다.

끈기와 인내의 관문이라 불리는 험난한 코스였지만 담용은 무리 없이 해냈다.

참으로 적지 않은 수고가 필요한 이유는 바로 각성을 이루는 부위이기 때문이다. 아울러 직관력이 증폭되고 눈앞의 현실을 변화시킬 만한 폭발적인 에너지가 머물고 있는 곳이기도 하다. 즉, 상상하는 자체가 에너지의 집합을 이루는 부위라 경지에 이르면 독심술까지 가능하기에 감응동교가 여기서 발원하는 것이다.

여기서는 호감을 가지게 하는 감응동교라 할 수 있었다.

"자네…… 내 꿈이 뭔지 아는가?"

"혹시 대통령이 되는 것입니까?"

"허헛, 아직은 거기까지야 언감생심이고……."

마음 한쪽에는 가지고 있다는 소리로 들렸다.

"뭐, 꿈이 이뤄지면 못할 것도 없겠지. 하지만 당장은 어림도 없는 꿈이지."

"말씀해 주시겠습니까?"

"뭐가 어렵다고 말을 못 할까? 먼저 이 말부터 들어 보겠나?"

"……?"

"화향은 백 리를 가고(花香百里), 주향은 천 리를 간다지만(酒香千里), 인향은 일만 리를 뻗는다(人香萬里). 뭔 뜻인지 알겠는가?"

"알 듯합니다."

"허허헛, 좋군. 어디 풀이를 해 보게나."

"꽃의 향기는 백 리를 가고, 술의 향기는 천리를 가지만, 사람의 향기는 일만 리를 가고도 남는다는 말로 들었습니다만……."

"허허헛, 맞았네. 민심은 천심이란 말이 있지. 그 말처럼 내 향기가 전 국민의 가슴에 닿을 때면 대통령인들 못 하겠는가?"

"아, 그게 꿈이시군요!"

"그렇다네. 하나 꿈은 꿈일 뿐, 지금은 그저 내게 주어진 자리에서 최선을 다하는 것이 꿈이지."

쭈우욱.

"캬아, 좋구먼!"

"한 잔 더 받으시죠."

"조오치!"

쪼르르르…….

"제가 정치판을 안다고 할 수는 없지만, 들은 말은 있습니다."

"허허, 어떤 말을 들었는가?"

"정치판에서 놀려면 돈이 많이 필요하다고요."

"엉?"

"아닙니까?"

"아…… 하하하하핫!"

"……?"

"아니긴…… 매우 정확한 지적일세."

"그럼, 외람된 질문입니다만 의원님께서는 돈이 얼마나 있습니까?"

"나 말인가?"

"예."

설레설레.

"없네. 있다면 여기……."

퍽퍽퍽.

"이 가슴팍에 진심을 담은 것이 내 재산의 전부일세."

"그래서야 꿈을 이룰 수 있겠습니까?"

"자네…… 너무 노골적이로군그래."

"죄송합니다. 하지만 현실을 직시하지 않고서는 꿈도 이루기 힘들다고 여겨져서요."

"하긴…… 맞는 말이긴 하지."

"의원님, 제가…… 그 부분을 해결해 드리면 어떻겠습니까?"

"응? 뭘?"

"자금 문제 말입니다."

"……!"

"제가 부자라서가 아닙니다."

"하면?"

"심 팀장의 말에 의하면 의원님께서 일본 자금이 유입되는 것에 대해 걱정을 많이 하신다고 하더군요."

"골치 아픈 문제이긴 하지만, 아직 심각할 정도는 아닐세."

"가랑비에 옷이 젖기 마련이지요. 근데 그 가랑비 중에 일부분을 저희들이 탈취했다면 믿으시겠습니까?"

"뭐? 그, 그게 무슨 소린가?"

"야쿠자들이 몰래 반입하려던 돈과 금괴를 저희가 중간에서 가로챘다는 말입니다."

"뭣이라고? 그, 그게 정말인가?"

"예, 사정을 말씀드리자면……."

담용은 저간의 사정에 대해 뺄 것은 빼고 보탤 것은 보태며 한동안에 걸쳐 주르르 풀어 놓았다.

"……해서 그 돈으로 의원님께서 필요한 자금을 지원하려는 것입니다."

"헐-!"

전말을 다 듣고 난 권영진 의원이 입을 쩍 벌린 채 담용의 얼굴만 뚫어져라 쳐다보았다.

"우선은 당장에 필요하실 것 같은 자금을 심 팀장 편으로 보냈으니, 마음껏 쓰도록 하십시오."

"으음, 내가 허투루 써 버리면 어떡하려고?"

"어차피 강탈해서 생긴 돈입니다. 그렇게 허비하시더라도 한국 경제에 도움이 될 것이니 아까울 게 없지요."

"허어!"

이로써 담용에 대해 마음 한구석에 남아 있던 의구심이 훽 날아가 버렸다.

사람을 못 믿어서가 아니라 능력을 의심해서였다. 그런데 그 의심이 창밖에 부는 밤바람처럼 사라져 버렸다.

권영진 의원은 자금에 대해서 가타부타 말을 하지 않았다.

중요한 것은 자신이 꿈에도 그리던 실탄이 생겼다는 점이었다. 보고할 일도 추적당할 일도 없는 실탄은 천군만마나 마찬가지라 절로 어깨에 힘이 들어갔다.

"잘 쓰겠네."

그 한마디면 충분했다.

담용도 권영진 의원의 그런 심리를 꿰뚫어 보고는 화제를 돌렸다. 줬으면 끝이지 더 이상 거론하는 것도 이상해서였다.

"그리고…… 의원님의 보좌관 중에 홍씨가 있지요?"

"그러네만……."

"당장 내치십시오."

"엉? 아니, 왜?"

"스파입니다."

"스, 스파이?"

"예, 의원님의 정보를 팔고 있더군요."

"서, 설마?"

"그 설마가 맞습니다."

"허어-!"

"심충수 보좌관이 중상을 입은 것도 홍 보좌관이 의원님의 동선을 알려 줘서 그렇게 된 것이고요."

"뭐라? 감히……."

"홍 보좌관 외에도 몇 명이나 더 있을지 모릅니다. 그러니 당분간은 저희 직원인 권지민 씨를 잘 이용하시기 바랍니다."

"으음, 알겠네만 그런 사실을 어떻게 알았는가?"

"여기 오기 전에 의원님께 린치를 가하려 했던 놈들의 아지트를 치고 왔거든요. 더 자세한 얘기는 심 팀장에게 들으십시오. 제 입으로 말하기는 꺼려져서요."

자랑하는 것밖에 더 될까 싶어 담용은 말을 아꼈다.

"……!"

담용의 말에 권영진 의원의 눈이 있는 대로 커졌다. 아지트를 쳤다는 말보다 뭔가 자신이 알지 못하는 일이 더 있는 듯한 뉘앙스 때문이었다.

원인 없는 결과가 없음이다. 그래서 단도직입적으로 물었다.

"누구의 사주를 받았다고 하던가?"

"김필수 의원이라고 하더군요."

"김필수?"

"예, 옆 동네에 있는……."

"그래, 을구의 국회의원이지."

"알아보니 의원님과 같은 당이더군요. 그럴 수도 있습니까?"

"같은 당이라도 그럴 만한 소지가 있다면 충분히 그럴 수 있네만, 이건 좀 이상하군그래."

"계파를 따라가다 보면 짚이는 게 있겠지요. 전 거기까지는 잘 몰라서요."

"그건 내게 맡기게. 몰랐으면 모를까 알게 된 이상……."

주먹을 불끈 쥐던 권영진 의원이 더 이상의 말을 삼갔다. 정치인들의 치부를 드러내는 것도 한계가 있어서다.

"문제가 생기면 언제든지 도움을 청하십시오. 자금도 마찬가지고요."

"그, 그래 주겠나?"

"그럼요."

"내가 자네들에게 해 줄 수 있는 일은 없네."

"알고 있습니다. 다만 조금은 나은 정치를 해 주십사 하는 것이 바람이지요."

"헐! 면목이 없네."

말은 그렇게 하지만 부쩍 힘이 생기는 권영진 의원이었다.

'호철이 말을 듣길 잘했군.'

이것이 꿈이라면 깰 것이고 환상이라면 사라질 것이겠지만…….

국정원 3차장과의 인연

남산을 두르는 한 축인 한남동의 특색이라고 함은 가파른 언덕, 좁은 도로, 고풍스러워 보이는 가옥들을 들 수 있다.

그중에 제법 규모가 있어 보이는 한 가옥은 붉은색 벽돌로 마감이 되어 있어서 온통 적색이었다.

여백이 보이지 않을 만큼 촘촘하게 자란 덩굴나무에 휩싸인 높다란 담장에 갇힌 주택은 마치 잔뜩 웅크리고 있는 곰 같은 느낌이다.

살림집은 물론 업무 공간으로 보기에도 썩 마뜩잖은 주택은 이래저래 용도가 애매한 구석이 있었다.

아무튼 차량 두 대는 너끈히 왕복할 수 있을 정도의 정문으로 까만 승용차 한 대가 미끄러지듯 다가서자, '털컹!' 하는 소음이 들리더니 '스르르릉' 하고 자동으로 문이 열리면서 차곡차곡 접혔다.

레일이 깔린 접이식 대문이었다.

그리 넓지 않은 마당을 가로지른 승용차는 건물 내로 진입했는지 이내 시야에서 사라졌다.

"내리시지요."

딸깍.

운전석에서 내린 검은 정장 차림의 사내가 차문을 열어 주면서 하는 말이다.

"감사합니다."

바닥에 발을 딛고 모습을 드러낸 사람은 의외로 담용이었다.

조금은 황공한 표정을 지은 담용이 주변을 살펴봤지만 온통 우중충한 기운만 깔린 주차장이었다.

하지만 그는 자신이 어디에 와 있는지는 짐작하고 있었다.

'국정원 안가인가? 그것도 남산대공분소?'

담용은 이곳이 중앙정보부 시절 뭇 선배들의 끔찍한 악몽이 켜켜이 재여 있을 남산대공분소일지도 모른다는 생각을 했다.

그런 생각이 들자 담용은 자신도 모르게 간담이 서늘해져 왔다. 이는 철이 들면서 은연중에 몸에 배었던 안기부의 공포라 그리 쉽게 떨칠 수 있는 게 아니었다.

그러다 자신은 초대받아서 방문하는 손님 자격임을 애써 떠올리며 긴장을 풀었다. 하지만 쉽지가 않아 차크라의 기운을 빌려야 했다.

'밖에서 만나지, 하필이면…….'

담용은 자신을 안내하고 있는 사내, 즉 조재춘 과장이 TF팀의 오전 미팅을 끝내자마자 사전에 약속한 대로 전화를 걸어오자 만난 뒤 곧장 인도하는 대로 따라온 터였다.

'여기가 본원은 아닐 테고…….'

본원이라 하기에는 규모가 너무 작았다.

'그러고 보니 여태껏 국정원이 어디에 있는지도 모르고 있었네.'

국정원과는 애초 인연도 없었지만 평소에도 관심 자체가 없었던 터라 어쩌면 당연한 일인지도 모른다. 군대에 있었기에 기무사라면 좀 알지만, 국정원은 도통 관심이 없었던 것이다.

어쨌든 건물은 서슬이 퍼렇던 시절의 그것처럼 작금의 시대와는 한참 동떨어진 분위기를 자아내고 있었다.

'아, 맞다! 그러고 보니 작년에 안기부에서 국정원으로 바뀌었지.'

기억을 더듬어 보니 1999년 1월 21일의 일이었다.

'쯧, 2010년 이후에는 서슬이 퍼렇던 국정원도 동네북 신세가 되니…….'

국정원장도 여론의 뭇매를 맞는 일이 예사가 되고, 국정원 직원의 뇌물 사건으로 구속되는 일도 다반사가 된다.

그 전조가 바로 안기부에서 국정원으로 바뀐 것이라 말하고 있다.

바로 1998년 4월 1일에 있었던 국정원 직원들의 재택근무 명령이 그 원인이었다.

국정원 직원들은 그야말로 만우절 같은 소식을 들어야 했던 것이다. 즉, 구조 조정이란 명분으로 한순간에 책상이 없어진 직원이 무려 581명이었으니, 그것도 대부분이 대공 활동의 전문 정보 수사 요원들이었다.

그뿐인가?

공안 기관 대공 경찰 2,500명의 자리가 없어졌고, 기무사 요원 600여 명, 공안 검사 40퍼센트가 자리를 잃었다.

말하기 좋아하는 사람들은 이를 두고 대공 요원에 대한 '피의 숙청'이라고 했다.

한마디로 대공 업무의 마비다.

각설하고.

"이리로."

주차장에 딸린 문으로 안내하는 조재춘 과장을 따라서 계단으로 오르던 담용은 곧 3층 어름에 있는 출입문 앞에 섰다.

출입문은 아무런 장식도 팻말도 없이 밋밋했다.

똑똑똑.

들어간다는 신호만 알리려 했던 것인지 노크를 한 조재춘이 곧장 문을 열었다.

"차장님, 다녀왔습니다."

"오, 그래."

"들어가시죠."

"아, 예."

옆으로 살짝 비켜 주는 조재춘의 권유에 담용은 속으로 심호흡을 하고는 주저 없이 들어섰다.

들어서자마자 감지된 분위기는 썰렁함이었다.

책걸상과 소파 같은 간단한 집기 외에는 장식이라고는 찾아볼 수 없는 실내에 예의 중절모의 중년인, 즉 최형만이 만면에 미소를 지으며 서 있었다.

"어서 오시게."

"아, 안녕하셨습니까?"

썰렁한 분위기와는 다르게 푸근한 미소로 맞아 주는 최형만에게 담용이 허리를 숙여 인사를 했다.

기억의 저편에서는 죽었어도 벌써 죽었을 사람이 멀쩡히 살아 있는 형국이었으니 인사를 하는 담용의 마음이 조금 어색한 것은 당연했다.

"허허헛, 덕분에 많이 건강해졌다네."

보도에 쓰러졌을 당시 생사가 오락가락했던 사람치고는

여유가 있어 보였다.

"다행입니다."

"자, 이리로 좀 앉지."

"감사합니다."

최형만은 자신이 권하는 소파에 담용이 앉자 다시 물었다.

"아직 점심 식사 전이시지?"

"예, 근데 저……."

"응? 할 말이 있으면 하시게."

"말씀을 좀 편하게 해 주셨으면 합니다. 말을 높이시니 제가 많이 불편합니다."

"이런, 이런. 손님을 모셔 놓고 불편하게 하면 안 되지. 그럼 말을 편하게 하도록 하겠네."

"예, 그래 주십시오."

"허허헛, 점심은 준비하라고 해 놨으니 연락이 오면 가도록 하세."

"전 아무래도 상관없습니다."

"일단 차부터 한잔하게. 뭘로 할 텐가?"

"녹차면 됩니다."

"그러지. 조 과장, 부탁함세."

"옛!"

"그래, 여기가 어딘지는 짐작하겠는가?"

"잘 모르겠습니다."

"허허헛. 자, 여기 내 명함일세."

명함 한 장을 탁자에 놓고 담용 앞으로 밀던 최형만이 말을 이었다.

"국가 기밀을 다루는 정보 부처에서 근무하다 보니 명함이 좀 이상할 걸세."

"……."

말없이 명함을 살펴보니 조금 이상하긴 했다.

㈜ㅇㅇ공사

대표 최형만

011-216-0000

이렇게 사무실 주소와 이메일 주소는 물론 직장 전화번호도 없이 달랑 세 줄에다 그마저도 요즘은 잘 사용하지도 않는 세로로 쓰인 명함이었다. 물론 당연히도 이런 명함조차 받을 기회가 그리 흔치 않다는 것을 모르지 않았다.

명함을 살핀 담용은 내심으로 확신하고 있었지만 그래도 물어보지 않을 수 없어 입을 열었다.

"혹시 안기부, 아니 국정원에서 근무하십니까?"

"허허헛, 그렇다네."

거슬러 온 시간 전의 기억대로였다.

"하면 여긴……?"

"안가 중 한 곳이네."

"아!"

"뜻밖인가?"

"예, 무시무시한 곳이잖습니까? 저 지금 긴장하고 있거든요."

"무시무시한 곳? 긴장?"

"그렇지 않고요. 게다가 남산이잖습니까? 예전부터 한번 들어오면 반병신이 돼서 나가는 곳으로 유명한 장소 말입니다."

"엉? 아핫하하하……."

담용의 말이 뜬금없었던지 최형만이 갑자기 파안대소를 자아냈다.

'쳇! 틀린 말도 아닌데…….'

군벌의 서슬이 시퍼렇던 국가안전기획부에서 극가정보원(NIS)으로 개칭이 되긴 했지만 그래도 아직은 권부의 핵심이자 정보의 근간인 곳이 바로 국정원이다.

그 인식이란 것이 오랜 세월 동안 눌리고 억압받아 왜곡된 선입감이 섞이기도 했겠지만, 중앙정보부 시절부터 내려온 관습이 쉽사리 사라질 리 만무하지 않은가?

최형만의 나이는 대략 60대 전후로 보였다. 이 땅의 현대사를 온몸으로 체득해 왔을 나이라 그 앞에서 깐죽거려 봐야 이득이 없다고 여긴 담용이다.

아직 정확한 직책을 밝힌 바는 없지만 담용이 알고 있기로는 최형만의 신분은 국정원 3차장이다.

원래는 기획조정실과 1차장 그리고 2차장밖에 없었던 조직이었지만, 얼마 전에 3차장이 생긴 터였다.

임무는 대북 공작과 과학, 산업, 방첩 업무였다.

시간을 거슬러 온 담용은 그렇게 알고 있었다.

"얼마 전까지는 그런 점이 없지 않았지만 지금은 예전과는 많이 달라졌다네. 또 억압한다고 해서 예전처럼 말도 못 하는 시절도 아니라네."

하기야 많이 나아지긴 했다. 하지만 정보부 속성이란 게 그리 간단하지만은 않다.

"그러니 마음을 편히 갖게. 자넨 지금 초대받아서 온 사람이라네."

그러나 골수 깊이 박힌 인식은 그렇게 쉬 사라지지 않는다. 그동안 음으로 양으로 행해진 일들이 오죽 많은가?

"워낙 그런 인식이 강하게 박혀 있어서 저뿐만 아니라 다른 사람들도 그럴 걸로 압니다."

"흠, 차차 나아지겠지. 또 우리 스스로 그렇게 되도록 노력하고 있으니 말일세."

'흥, 말이야 쉽지.'

국정원이 권력의 시녀 노릇을 하는 건 2010년 전후에도 변함이 없음을 삼척동자도 아는 일이라 담용은 내심 코웃음을 쳤다.

'하긴 정보 당국만큼 군주론을 신봉하는 곳도 없지.'

목적만 정당하다면 수단과 방법은 아무래도 상관없다는 논리가 바로 마키아벨리의 군주론이다. 고로 결코 물렁팥죽일 수 없는 곳이 정보 부처다.

정보전이나 첩보전에 자유로울 수 없는 국정원이라 국익에 반하는 일이 아니라면 국가 원수, 즉 임명권자의 명이라면 수단과 방법을 가리지 않고 목적한 일을 완수하는 것이야 불문가지다. 대한민국의 국정원장은 청와대 직속의 부총리급이라 대통령의 의중과 정치적 영향에 민감할 수밖에 없기 때문이다

그 작태가 가장 심한 곳이 세계를 아울러야 하는 미국 정보국 CIA라 할 수 있다. 초강대국인 만큼 적도 많아서 그 잔인함이 극에 달할 때도 종종 있는 조직이다.

뭐, 우리나라의 국정원은 물론 CIA를 비롯해 러시아 해외정보국(SVR), 중국정보국(MSS), 영국해외정보국(M-16), 이스라엘의 모사드(MOSSAD), 독일의 연방정보국(BND), 프랑스 대외 안보 총국(DGSE) 등 역시 정도의 차이는 있어도 매한가지일 것은 빤한 사실이다.

그러므로 임무의 특성상 이들에게 군주론은 필연적으로 습득해야 할 과목일 수밖에 없다. 하물며 눈앞의 최형만같이 차장급의 고위 인사임에야 더 말할 것도 없었다.

자리가 사람을 만들고 앉은 자리만큼 보인다고 했으니, 최형만의 손아귀에 놓인 사건, 사고 들이 얼마나 많을지 짐작이 가고도 남는다.

아울러 최형만에게 있어 담용은 새 발의 피 같은 존재일 수도 있다. 생명의 은인이 아니었다면 평생 볼일이 없는 사람일 만큼 서로 노는 물이 달랐고 신분의 격차도 컸다. 고로 아무리 초청에 의한 것이라지만 국정원 안가를 방문했다면 녹진한 긴장감이 없을 수 없다.

담용 역시 당사자가 되다 보니 빈말이 아니라 조금은 긴장이 됐다. 하나 최형만의 부드러운 인상과 푸근한 미소에 긴장된 마음이 조금씩 흐트러지고 있는 중이었다.

"진부한 이유이긴 하지만 자네를 초대한 건 내 생명의 은인이기 때문이네."

"그 일은 누구라도……."

"아아, 그렇다고 해도 자네가 내 생명을 살린 사실은 변하지 않지. 그리고 나는 그런 자네에게 조금이나마 보답해야만 마음이 편할 테고. 그렇지 않은가?"

"그러실 필요가……."

"허허헛, 그 마음은 잘 아네만 내가 자네를 이 우중충한 곳으로 오게 한 것은 다 이유가 있다네."

"……?"

"기밀이어야 할 내 신분을 밝힌 것도 자네가 특전사 출신이라 입이 무거울 것이란 점을 믿은 것이고."

담용이 특전사 출신임을 안다는 것은 웬만한 뒷조사는 다 했다는 얘기다. 더불어 안가까지 데려왔다는 것은 그만큼 믿을 만한 사람이란 결론을 내렸다는 의미였다.

뭐, 다른 이유가 더 있다면 최형만의 신분이 신분이니만치 시중에서 만난다는 것도 어색했을 것이다.

어쨌거나 딱히 기분이 나쁠 것이 없는 담용이 입을 열었다.

"그 점은 안심하셔도 됩니다."

"허허헛, 내 그럴 줄 알았네. 짐작하겠지만 자네를 조금 알아봤다네."

"예에……."

"자네…… 많이 애쓰고 있더구먼. 그 때문에 덩달아 자네를 이곳으로 부른 다른 이유가 하나 더 생기기도 했지."

"예? 그게 무슨 말씀이신지……?"

담용이 의문을 표할 때 노크 소리가 들려왔다.

똑똑똑.

"들어와."

"차장님, 차를 내왔습니다."

까만 정장을 입은 여성이 또각또각 걸어오더니 테이블에 차를 세팅했다.

최형만은 으레 그래 왔었는지 두 잔 모두 녹차였다.

여직원은 미인이라기보다 깔끔한 데다 야무진 인상이었다. 세팅을 하고 있는 손마저도 제법 맵게 생긴 걸 보면 평범한 사무원은 아닌 듯했다.

"그건 차차 얘기하도록 하고 우선 목이나 축이게나."

"아! 예, 감사합니다."

"어서 들게나."

"예."

그러지 않아도 약간의 긴장으로 인해 목이 말랐던 담용은 마시기에 적당한 온도여서 단숨에 들이켰다.

"목이 말랐던 게로군."

"하핫, 저도 모르게 긴장을 하다 보니……."

"쯧, 그럴 필요가 무에 있다고…… 마음을 편히 갖게나."

"예."

"새삼스러울 것 없네. 자네의 행로를 짚어 보니 외투사들로부터 국내의 자산을 지키려고 동분서주하고 있다는 걸 알 수 있었지. 세 노인네들하고 말이야."

'젠장.'

투자자까지 알고 있다면 대충 조사한 것이 아니라 제대로 알아본 것이다.

"조 과장을 비롯해서 몇몇 직원들이 대단하다고 감탄을 하더군. 보고를 받은 나 역시도 그렇게 생각하고 있고."

"……!"

"문제는 그 자금들이 모두 어디서 나왔냐는 거지만…… 굳이 그것까지는 알아보란 소린 하지 않았다네. 이렇게 만나게 됐을 때 들을 수 있으면 좋고 듣지 않아도 상관없네."

끝까지 잔잔한 미소를 잃지 않은 최형만이 녹차를 한 모금 마시고는 말을 이었다.

"그런데 내가 숨겨도 될 일을 자네에게 전부 까발리는 이유가 뭔지 아는가?"

"모릅니다."

대답하는 담용의 목소리가 상당히 굳어 있었다.

최형만은 담용의 이런 심정을 알았지만 모른 체하고는 말을 이었다.

"자넨 내 생명의 은인일세. 뭔가 도우려면 자네의 근지러운 곳이 어딘지를 알아야 할 필요가 있어서 조사를 한 것이지 다른 뜻은 없었다네. 근데 알아보니 좀처럼 도와줄 곳을 찾지 못해 좀 더 깊이 조사를 할 수밖에 없었음을 이해해 주게."

말이야 그럴듯하다.

'제길. 다 조사하고 나서 이해해 달라고?'

담용은 최형만이 구시대적 사고관을 그대로 지니고 있는 인물임을 알아챘다. 상대의 프라이버시는 생각하지 않고 전화 한 통이나 한 번의 지시로 모든 것이 해결된다는 그런 막무가내식 말이다.

'하기야 평생 몸에 밴 습관을 버리기는 쉽지 않겠지.'

담용은 최형만을 이해하려고 애썼다.

"그런데 말일세, 당최 도움을 줄 만한 구석이 안 보이더군. 그래서 말인데……."

"……?"

"자네 입으로 직접 듣고 싶어서 이리로 불렀다면 믿겠나?"

"말씀은 감사합니다만, 당장은 드릴 말이 없습니다. 향후라면 몰라도……."

말은 그렇게 했지만 향후에라도 도움을 받을 생각이 없는 담용이다. 그러나 애초 최형만에게 초대를 받았을 때 자신이 가진 능력을 쓸 일이 있다면 기꺼이 응하리라는 마음은 변하지 않아 막 입을 열려고 할 때다.

"차장님, 식사 준비가 끝났다고 합니다."

"오! 그래?"

조재춘 과장의 말에 반색하는 표정을 지은 최형만이 담용을 쳐다보았다.

"배가 출출할 테니 식당으로 가세. 식사를 하면서 나머지 얘기도 하고."

"예."

적당한 넓이의 구내식당은 이미 한차례 식사를 끝냈는지

음식 냄새의 뒤끝이 조금 남아 있었다.

아마도 최형만이 담용을 식당에 데려오기 전에 직원들을 때에 맞춰 먼저 점심식사를 하게 한 것 같았다.

훤히 오픈된 주방 안에서 하얀 가운을 입은 아주머니들이 식당으로 들어서는 담용을 쳐다보며 미미한 웃음을 지어 보였다. 마치 사정을 다 안다는 듯한 푸근한 미소였다.

이를 모른 체할 수 없었던 담용은 살짝 머리를 숙임으로써 예를 표했다.

"이리로 오시죠."

귀빈들이 식사하는 장소가 따로 있었는지 조재춘 과장이 칸막이가 되어 있는 곳으로 안내를 했다.

'엉?'

칸막이 안으로 들어서자마자 담용의 눈이 조금 커졌다.

한눈에 들어오는 상차림은 온갖 정성을 다 들인 듯한 한정식이었다. 그것도 세 노인네들과 가끔 먹어 보았던 7첩 반상이다. 결코 평소 먹던 구내식당의 점심 메뉴는 아니었다.

최형만도 상차림을 보고 뿌듯한 마음이 들었던지 너털웃음을 지으며 말했다.

"허허헛, 나름대로 신경을 썼군."

"이거 너무 과한 것 같습니다."

"어서 앉게나."

"예."

"여기 앉으시지요."

"감사합니다."

담용은 조재춘 과장이 빼 주는 의자에 사양 대신 감사의 마음을 전하며 앉았다.

"출출할 테니 먼저 들고 마저 얘기하도록 하지."

"예, 근데 조과장님은……?"

"아! 전 먼저 했습니다. 어서 드십시오."

"아, 네……."

그러지 않아도 배에서 신호가 오고 있었던 터라 담용은 더 이상 점잔을 빼지 않고 평소의 식성대로 식사를 하기 시작했다.

하얀 쌀밥에 시원하게 끓여 낸 무고깃국을 비롯해 김치, 찌개, 찜, 전골 외에 일곱 가지 찬품을 낸 반상이었다.

아울러 한식 전문가가 있는지 아니면 잠시 고용했는지, 어쨌든 맛이 정말 일품이었다.

입에 딱 맞다 보니 젓가락을 든 담용의 손이 부지런히 오갔다.

이쯤에서 칭찬의 말을 하지 않을 수 없어 한마디 했다.

"정말 맛있습니다."

"허허헛, 그런가?"

"예."

"다행이군."

"인사치레로 하는 말이 아니라 정말 맛있습니다."

"나도 그러네. 직장에서는 이런 상차림을 처음 대하네만 이렇게 맛있을 줄은 몰랐군. 알았다면 진즉에 부탁해서 가끔씩이라도 맛을 볼걸 그랬어."

"한식 전문가의 솜씨는 그렇게 싸지 않을 겁니다."

"어, 그렇긴 하지."

"차장님께서 저를 위해 요리사를 고용하셨다면, 정말 과분한 대접을 받는 것 같습니다."

"허어, 과분하다니! 그런 말 말게나. 누구든 다 그렇겠지만 내 목숨값 역시 그리 싸지 않다네."

"그런 뜻으로 한 말이 아닙니다."

"알아. 하지만 내가 이리해야만 마음이 편한 걸 어쩌겠나?"

"……."

최형만의 진심이 전해지는 것에 담용이 일시 말을 못 하고 머뭇거리자, 옆에 서 있던 조재춘 과장이 끼어들었다.

"육담용 씨, 차장님께서는 공금을 쓰지 않고 순수하게 당신의 돈만으로 음식을 장만하셨습니다."

"아!"

"공금으로 하자고 말씀드렸지만, 그러면 의미가 없다고 하셨지요."

"어허! 별말을 다 한다."

"하하핫, 사실이 그렇지 않습니까?"

"차장님, 이 한 번의 성의로 마음을 알았으니 다음부터는 그러지 마십시오."

"왜? 난 몇 번 더 할 참인데? 이 사람아, 그만큼은 버니까 부담 갖지 않아도 되네."

'훗! 그야 당연할 테죠.'

담용은 문득 2010년도에 있었던 국정원 직원의 월급이 이슈가 됐던 일이 떠올랐다.

다름 아닌 국정원 직원의 아내 C 씨가 이혼을 하면서 국가정보원장을 상대로 남편의 월급 내역을 밝혀 달라고 소송을 제기했던 일이었다.

담용을 비롯한 국민들은 당시 '도대체 월급이 얼마나 되기에 남편의 월급을 알려고 하나?' 하고 궁금증을 가졌었다.

그러나 결국 서울행정법원은 정보 비공개 결정 처분 취소 청구 소송에서 원고 패소 판결을 내렸었다.

아내 C 씨가 요구한 정보는 남편 B 씨의 업무 수행을 위해 예산으로 지급하는 금원 또는 그 금원으로부터 공제돼 적립되는 금원에 관한 것이었는데, 패소 판결의 이유는 그 내역이 공개될 경우 일정한 비교 분석을 통해 국가정보원이 기관의 운용비 및 업무 활동비로 사용하는 액수가 추산될 가능성이 있기 때문이라고 했다.

아울러 국정원이라는 곳이 보안이 제일 우선이며 또 관련

법령에 따라 국회의 국정원에 대한 예산심의 자체가 비공개로 진행되는 점, 담당 위원들 역시 국정원의 예산 내역을 공개하거나 누설해서는 안 된다고 규정되어 있다는 걸 그 이유로 들었다.

각설하고.

"차장님, 제 마음이 편치 않습니다. 그러니 다음부터는 그냥 짜장면을 먹더라도 좋으니 부담 없이 편하게 만났으면 합니다."

"부르면 올 텐가?"

대뜸 물어 오는 것을 보면 이번 한 번으로 끝낼 심산이 아닌가 보다.

"저…… 차장님만큼은 아니지만 저 역시 꽤나 업무가 바쁜 편이라서……."

"잘 알지. 외투사들을 상대로 국가의 자산을 지켜 내려면 정신을 바짝 차려도 모자랄 테지. 게다가 그만한 자금을 구하려면 또 입이 닳도록 세 노인네를 구워삶아야 할 텐데, 그것도 보통 일이 아닐 테고."

자금의 출처를 세 노인네로 한정하는 것으로 보아 처음에 가졌던 의심을 그냥 넘기려는 뉘앙스가 풍겼다.

비록 세 노인네의 자금이 투입되긴 했지만 전부를 차지한 금액이 아니었기에 조사를 하자고 들면 이상 징후를 포착하기는 어렵지 않을 것이다.

국정원이 그리 만만한 조직인가?

그런데 거기까지 조사를 하고 말았는지 복사골복지재단과 경호 업체인 클리어가드 그리고 권영진 의원과의 만남에 대해서는 언급이 없었다.

"자네 명의로 된 집도 있고 수입도 괜찮은 것 같아서 돈으로 신세를 갚기는 좀 그렇더군. 그래서 자주 만나 맛있는 음식이라도 사 주면서 애로 사항이나 들어줄 수밖에 없겠다는 생각을 했지."

"말씀만이라도 충분합니다."

"쯧, 나로서야 현역에 있을 때밖에는 도와주지 못하다 보니 마음이 급할 수밖에 없다네."

'하긴 지금이라도 대통령이 자리를 내놓으라면 내놔야겠지.'

업무에 중대한 차질이 있다면 그럴 수도 있었다. 더구나 60에 가까운 나이다 보니 그 역시 걸림돌이다.

하지만 이제 막 부서가 생긴 터라 적어도 2, 3년 내에는 자리를 보전할 것으로 봤다.

대통령 임기 역시 이제야 반환점을 돌고 있는 형국이지 않은가. 아마도 별정직 형식인 국정원장이라면 몰라도 정보 계통에 뼈를 묻어 온 차장이라면 전문가라 정권이 바뀌기 전에는 물러나지 않을 것이다.

뭐, 거기에 대해서는 담용이 워낙 무관심했기에 정보가 입

력되어 있지 않아 더 이상 추론하기에는 무리였다.

"그런 내 마음을 이해하겠나?"

'에구, 왜 이리 끈질기냐?'

나쁘지 않은 말이지만 실상 편하지 않은 만남이 될 것이 빤한 일에 담용이 응할 리가 없었다.

애로 사항이라야 있을 것도 없지만 설사 있다고 하더라도 충분히 해결해 나갈 수 있는 능력이 있는 담용이라 확 다가오는 것이 없었던 것이다.

"공무에 바쁘실 텐데 어찌 저 같은 사람에게 시간을 빼앗기려 하십니까?"

"자네…… 자신을 너무 비하하는 것 같군."

"그럴 리가요. 저는 제 자신을 높이 올려놓고 있지도 않지만 그렇다고 낮게 평가하지도 않습니다. 왜냐면 제게 주어진 몫은 꼭 해내고 마는 능력 정도는 있다고 자부하니 말입니다. 다만 차장님과는 서로의 업무도 다르고 또 사회적인 신분 역시 달라서, 만남을 가진다 하더라도 논의할 공통점이 없다는 거죠. 아마 곧 그런 것만큼 시간을 허비하는 일도 없다는 생각이 들 겁니다."

"허어, 내가 국정원 차장이라서 꺼려지는 건 아니고?"

"그 정도로 정서가 삭막하지는 않습니다. 옛날 중앙정보부 시절이라면 그럴지 몰라도요."

중앙정보부 시절에 대한 정서는 확실히 모르지만, 들은풍

월로 살벌하기 그지없었다는 정도는 알고 있던 담용이다.

"중앙정보부 시절만큼은 아니지만 아직은 힘이 있다네. 그러니 내게 도움을 요청하면 도와줄 여력 정도는 있다네."

"하하핫, 말씀은 고마우나 제가 법을 어길 일이 있어야지요."

"자네야 법을 어기지 않는다고 해도 상대방이 해코지를 할 수도 있지 않겠나?"

말대로 따지고 보면 그런 일이 왕왕 일어나긴 했다. 시쳇말로 백그라운드에 국정원차장 정도의 신분이 버티고 있다면, 이로우면 이로웠지 불리할 건 없다.

'흠, 이쯤에서 거래해야겠군.'

조금은 뒤로 뺀 이유가 여기에 있었다. 또 무엇보다 어떡하든 자신에게 도움을 주려고 하는 최형만의 의지를 가상하게(?) 여긴 담용이 자신의 패를 내보이려는 의도이기도 했다.

속으로 심호흡을 한 후 차크라의 기운을 전신에 퍼뜨려 마음을 안정시키고는 미리 준비해 뒀던 말을 꺼냈다.

"저…… 차장님."

"말하게."

"진심으로 말씀드립니다만 단순히 생명의 은인이라는 이유로 저와 만나는 일은 오늘로서 충분하니 그건 그쯤 해 두시기를 바랍니다. 그렇게 해 주실 거지요?"

"흠, 어쩔 수 없지. 자네가 정 그렇게 원한다면야……."

거듭해서 사양하는 담용의 굳은 의지에 최형만도 더 이상 닦달하지 못하고 말을 이었다.

"대신 조건이……."

"아, 아직 제 말이 안 끝났으니 다 듣고 말씀해 주십시오."

"아! 미안하네. 계속하게."

조재춘 과장을 한번 쳐다본 담용의 표정이 조금 신중해졌다.

"제가 하는 말을 듣고 믿지 않으실지도 모릅니다만, 일단 끝까지 들어 주시기 바랍니다."

"그러겠네."

"그리고 가능하면 비밀을 지켜 주시기 바랍니다."

"헐! 비밀이라……. 대체 뭔 얘길 하려고 그러나?"

"제게…… 두 가지 특별한 재주가 있는데, 그런 사실을 아는 사람은 손에 꼽혀서 그럽니다."

"엉? 특별한 재주?"

"예, 흔히 볼 수 없는 재줍니다."

"호오! 어떤……?"

그제야 약간의 호기심을 내보이는 최형만이다.

"첫 번째는 꿈 이야깁니다."

"꾸우움?"

"예, 꿈요."

"밤에 자면서 꾸는 꿈 말이지?"

"맞습니다."

"허허, 조상님이라도 나타나서 복권번호라도 알려 주던가?"

괜스레 웃으며 반은 농담조로 말하는 최형만의 표정을 보니 별로 믿지 않는 듯한 눈치다.

그러나 이에 개의치 않고 순순히 인정하며 말하는 담용의 표정은 진지했다.

"조상님이 나타나서 알려 주실 때도 있지만 대부분은 그냥 파노라마처럼 지나가는 영상으로 나타납니다."

'응?'

담용의 진지하고도 구체적인 말에 최형만이 미간을 살짝 찌푸렸다.

'현몽에다 영상이라고?'

대체 뭔 뚱딴지 같은 소린지 알 수가 없다.

"그런데 그게 맞을 때가 더러 있다는 거죠."

"헐! 대체 뭔 말인지 모르겠군그래."

"허락하신다면 한 가지 말씀드릴 것이 있습니다만……."

잠시 말을 끊었던 담용이 최형만의 안색을 살피더니 곧 이었다.

"아마 이 문제는…… 차장님께서도 익히 알고 있는 일일지도 모릅니다."

실제로 국정원이 주체가 되어 진행하고 있는 일인지도 몰라서 하는 말이었다. 이유는 이 역시 얼마간의 로비가 필요한 일일 수도 있기 때문이었다.

어쨌든 반쯤 호기심이 사그라졌지만 갈수록 진지해지는 담용의 태도와 자신이 관련됐을지도 모른다는 말에 슬쩍 관심이 당긴 최형만이 냅킨으로 입을 닦으며 물었다.

"내가 알고 있는 일일지도 모른다라……. 어디 한번 들어 보지. 말해 보게나."

담용은 망설이지 않고 입을 열었다.

"현직 대통령께서…… 올해에 노벨평화상 수상자가 되십니다."

"뭐, 뭐라? 그, 그게 정말인가?"

내심의 경악을 감추는 기색이 비치는 최형만의 안색을 모른 체한 담용이 말을 계속 이었다.

"예, 아직 두 달 정도 남았지만 노르웨이의 노벨평화상위원회가 가을, 그러니까 한국 시간으로 오후쯤에 올해 노벨평화상 수상자가 한국의 김대중 대통령임을 공식 발표할 것입니다."

"허어……."

시기가 다소 두루뭉술하긴 했지만 단언하는 듯한 담용의 말에 조금은 복잡 미묘한 빛을 발하는 최형만의 눈빛이다.

하지만 적지 않게 놀란 심장은 아직도 쿵쾅거릴 정도로 진정이 되지 않고 있었다.

"전번에 있었던 방북으로 인해 남북 화해의 기여 공로가 결정적 요인으로 작용한 겁니다."

담용은 항간에 왁자하게 떠돌던 로비설을 일축하고 실질적인 근거를 들어 말했다.

"자네……."

이때 조재춘 과장이 급히 끼어들었다.

"차장님, 집무실로 가서 얘기하시지요. 여기는 보안이 취약합니다."

"아! 그래."

보안을 생명으로 여기는 사람들답게 얼른 제지했고 이를 곧장 받아들이는 나머지 두 사람이다.

BINDER
BOOK

담용, 능력을 드러내다

"차장님, 잠시만요."

최형만이 집무실의 문손잡이를 잡는 순간, 무슨 생각을 했는지 담용이 제지를 했다.

"응?"

"저기…… 죄송합니다만 제가 먼저 들어가서 사무실을 살펴본 다음에 들어가셨으면 하는데 괜찮겠습니까?"

"왜 그러는가?"

"사실…… 아까 차장님 집무실에 있을 때 제 기감에 거슬리는 게 있는 것 같아 영 마음이 꺼림칙해서요."

"거슬리다니? 뭐가 말인가?"

"뭔지는 잘 모르겠습니다만 제가 그걸 찾아보고자 합니

다.”

“여태껏 잘 쓰고 있는 사무실에 새삼스럽게 뭐가 있다고…….”

말끝을 얼버무린 최형만이 조재춘을 쳐다보았지만 눈을 마주친 그도 영문을 모르기는 마찬가지였다.

기실 국정원 제3차장이 본원이 아닌 안가에서 근무할 리 없다. 고로 안가는 최형만의 근무처가 아니어서 낯이 익으면서도 낯선 장소라 할 수 있었다. 오늘은 담용의 일로 인해 잠시 빌리다 보니 남의 사무실을 뒤지는 꼴이 되어 선뜻 응할 수가 없는 것이다.

“밑져야 본전 아니겠습니까? 채 1분도 안 걸리는 일인걸요. 그리고 조금 전에 말씀드렸던 제 재주 중 하나를 선보일 수도 있으니 잠시 기회를 주시지요.”

“흠.”

팔짱을 낀 채 턱을 매만지는 최형만의 입에서 쉽게 허락하는 말이 나오지 않았다. 앞서 언급한 이유도 있지만 정보를 취급하며 살아온 세월이 결코 녹록지 않은 최형만이라 매사를 신중하게 판단하는 게 습관화되어 버린 탓이었다.

‘이 친구…….’

조금 전 식당에서 담용이 예언하듯이 말한 노벨평화상 수상 문제는 정말 기함할 정도로 놀랐다.

현직 대통령이 노벨평화상 수상자 후보로 거론된 것이야

어제오늘의 일이 아니지만 그것을 수면 위로 떠올린 정도가 아니라 아예 수상자로 확신했다. 그것도 국정원 제3차장인 자신 앞에서 당당하게 말이다.

그것만으로도 보통내기가 아님을 알 수 있는 일이었다.

그러나 정보와 보안의 궁극을 달리는 국정원의 사무실을 살피겠다니, 아무리 생명의 은인이라도 들어줄 말이 아니다.

생명의 은인은 은인이고 업무는 업무일 뿐.

그렇다고 채 1분도 안 걸리는 일이라는데 단박에 거절하기도 뭐했다.

눈치를 보고 있던 조재춘 과장이 재치 있게 나섰다.

"차장님, 그렇게 하시지요. 혹시 무슨 일이 생기면 제가 채 팀장에게 잘 말하겠습니다."

채 팀장은 이름이 채동근으로 한남동 안가를 책임지고 있는 인물이었다. 물론 제3차장 휘하의 팀원이다.

"알았네."

그 말을 기다리고 있었다는 듯 고개를 끄덕인 최형만이 담용을 쳐다보았다.

"승낙하겠네."

"감사합니다. 저…… 조 과장님."

"필요한 것이 있습니까?"

"외인인 제가 하기는 껄끄러운 일일 테니 먼저 들어가셔서 전원에 연결된 코드를 모두 빼 주시겠습니까?"

"꼭 필요한 일입니까?"

"예, 반드시요. 그리고 가능하면 정숙해 주십시오."

"알겠습니다."

그 즉시 움직인 조재춘 과장이 구석 벽에 부착되어 있는 전기 통신 단자함을 열더니 스위치 하나를 내렸다.

"됐습니다."

"아! 예."

의외로 간단하게 일을 처리하는 것에 잠시 뻘쭘했던 담용이 조용히 문을 열고 실내로 들어섰다.

실내는 빈 찻잔만 치운 조금 전의 모습 그대로였다.

기실 담용은 처음 이곳에 들어서고 잠시 지난 후 이질적인 기운을 감지했었지만 안가라는 특수한 곳이라 여겨 대수롭지 않게 여기고 지나쳤었다.

하지만 불규칙적이긴 했어도 마치 신호가 이어졌다가 끊어졌다가를 반복하는 것처럼 내내 감지되자 신경이 쓰이지 않을 수가 없었다.

담용은 특전사 출신이다. 당연히 첩보전에 대비한 훈련을 받은 바가 있어 뭔가 떠오르는 것이 있었다.

그건 다름 아닌 도청 장치였다.

그렇게 확신했기에 최형만과의 대화 내내 줄곧 사양하는 것으로 일관했었다. 물론 기밀이랄 것도 없는 지극히 일반적인 대화였지만 말이다.

하나 국정원 안가에 도청이라니!

한 나라의 기밀이 다뤄지는 곳에 있어서는 안 되는 일이 아니던가?

결코 지나칠 수 없었던 일이라 담용이 무례를 무릅쓰고 최형만에게 요구한 것이다.

아울러 자신의 능력을 보일 수 있는 기회로 삼기에도 적당한 일이었다.

출입문이 훤히 열려 있는 까닭에 두 쌍의 눈은 담용의 일거수일투족을 지켜보고 있었다. 그렇게 생각할 리도 없겠지만 혹시라도 담용이 야료를 부릴 수 있는 상황을 사전에 차단하는 셈이 됐다.

차크라의 기운을 끌어 올려 귀에 집중시킨 담용은 한결 예민해진 청각의 정도를 높이려 잠시 숨을 멈췄다.

삑…… 삐익…… 삑…… 삐익…….

간헐적으로 들려오는 신호음은 결코 일반 청각으로는 듣기 어려운 미세한 것이었다.

뭐랄까, 마치 불빛이 깜빡거리는 모습이 소리로 화한 것 같은 그런 느낌이었다.

'저긴가?'

신호음의 진원지는 찾았지만 담용은 서둘지 않고 조심스럽게 발걸음을 옮겼다.

소리에 민감한 도청 장치라 발소리를 죽일 필요가 있었다.

방향은 처음 들어섰을 때 최형만이 앉아 있던 책상이었다.

책상 뒤로 돌아간 담용이 의자를 치우고 벽을 바라보며 오른쪽 무릎을 꿇었다.

시선을 전원 콘센트에 꽂힌 전기 코드에 고정시킨 담용은 잠시 머뭇거리더니 아예 드러누워 버렸다.

천장을 바라보고 누운 담용의 시선에 기역 자로 꺾인 전기 코드의 밑 부분이 들어왔다.

'역시…….'

도청 장치로 보이는 기기는 이음새 부분의 굴곡진 곳에 끼이듯 부착되어 있었다.

교묘한 곳이라 담용처럼 일부러 낱낱이 살피려는 마음이 있지 않고서는 발견하기 어려울 터였다.

첨단을 걷는지 도청 장치의 크기도 엄청 작아서 와이셔츠 단추만 했다.

그리고 역시나 희미하나마 붉은 불빛이 간헐적으로 깜빡이고 있음을 알 수 있었다. 하지만 극히 미미한 불빛이라 실내가 컴컴하더라도 발견하기가 어려워 보였다.

담용은 그런 자세로 잠시 도청 장치를 쳐다보며 차크라의 기운을 돌려 조금 전에 들었던 신호음을 다시 한 번 확인했다.

삑!

'윽!'

바로 지척이어서 그런지 천둥 같은 소음이 귀를 때렸다.

삐빅…… 삑…… 삐빅…… 삑…….

신호음의 반복으로 보아 자신이 잘못 짚지 않았음을 확신했다.

담용은 고막이 아팠지만 그 자세 그대로 몸을 뒤집고는 천천히 기어서 뒤로 물러났다. 곧 출입문까지 와서는 살며시 닫았다.

처음부터 끝까지 지켜보던 최형만이 담용의 너무도 신중한 행동에 감히 경시하지 못하고 나지막한 소리로 물었다.

"뭐, 뭔가?"

"도청 장치입니다."

"엉? 도, 도, 도청 장치?"

"예, 와이셔츠 단추 크기의 도청 장치가 전기 코드 밑에 부착되어 있었습니다."

"뭐, 뭐라? 화, 확실한가?"

"예, 저도 실수하지 않으려고 거듭 확인한 결과입니다."

"허어……."

최형만의 시선이 조재춘 과장에게로 향했다.

그러면서 세 사람은 의식적으로 집무실과 거리를 두기 위해 계단 쪽으로 물러났다.

도청의 범위를 염려해서였다.

"매일 점검하고 있지 않나?"

"웬걸요, 그런 건 기본이라 빠뜨릴 리가 없습니다."

"그런데도 이 모양인가?"

"이따가 수거하게 되면 알게 되겠지만 기존의 탐지 장비에 포착되지 않는 첨단 장치인 것 같습니다."

하루가 다르게 변하는 첨단 전자 장비를 생각하면 그럴 수도 있겠다 싶은 최형만이 다시 미간을 모았다.

"무선 도청기라면 배터리가 문제일 텐데……."

도청을 설치한 자가 배터리를 교환하러 올 것이란 얘기다.

"그 역시 개발이 됐다고 봐야겠지요. 그도 아니면……."

조재춘 과장이 말을 맺지 못하고 담용을 쳐다보았다.

"아아, 그 얘긴 나중에 하세."

"예."

최형만이 서둘러 마무리를 했지만 이미 늦었다. 담용도 거기까지 듣고 조재춘 과장의 뒷말을 대충 짐작했던 것이다.

'쯧! 내부에 첩자가 있다는 소리군.'

배터리의 수명이 상식을 뛰어넘지 않고서야 누군가는 잠입해 교체를 해야 한다는 것은 이론의 여지가 없다.

"무선이라면 그리 멀지 않은 곳에 웅크리고 있겠군."

"그럴 겁니다. 수신 거리가 그리 길지 않을 테니까요. 차장님, 어떡할까요?"

"자넨…… 누구의 짓이라고 생각하나?"

"그야……."

"그렇지?"

"예, 거기밖에는 없습니다."

서로가 공감하는 것이 있었는지 본론은 잘라 먹고 대화를 하고 있었다.

어쨌거나 웬만한 정보는 다 샜다고 보면 된다.

"레이저 도청이 아닌 게 다행이군그래."

"예, 그 방식은 탐지하기가 정말 쉽지 않습니다."

"으음."

습관인지 또다시 팔짱을 끼고 턱을 매만지는 최형만의 미간에 주름이 지더니 그의 눈이 작아졌다. 그렇게 잠시 생각에 골몰하던 최형만이 담용을 쳐다보았다.

"자네…… 도청 장치가 있다는 걸 어떻게 알았는가?"

"염동력으로 알아냈습니다."

최형만의 물음에 담용은 숨길 것이 없다는 듯 마침내 밑천을 드러냈다.

"엉? 여, 염동력?"

"염동력이라고요?"

담용의 염동력이라는 말에 두 사람은 해연히 놀라더니 서로를 쳐다보았다.

반응은 젊은 조재춘 과장이 빨랐다.

"염동력이라면 초, 초능력을 말하는 것 아닙니까? 그 초능력자들이 지닌 사이킥 파워psychic power라는……."

말투에 약간의 흥분이 묻어나고 있는 조재춘 과장이다.

"그렇게 말들을 하고 있습니다만 제가 초능력자라고 인식해 본 적이 없어서 정확한 개념은 모릅니다. 저 같은 경우는 성인이 된 이후로 나타난 능력이라, 이제 겨우 8년 정돕니다. 나름대로 공부한 바에 따르면, 다른 초능력자들에 비해서 경력이 일천하더군요."

"그, 그래도 도청 장치를 찾아내지 않았습니까?"

"글쎄요. 그것조차도 어느 수준인지를 잘 몰라서……."

"가만! 차, 차장님."

"……?"

조금은 표정이 굳어 있던 최형만이 조재춘 과장의 부름에 흠칫하더니 깨어났다. 얼핏 보기에도 적지 않게 놀란 듯한 표정이다. 아울러 그의 뇌리가 수만 가지 생각으로 복잡해진 기색이기도 했다.

"여기서 이러고 있을 것이 아니라 자리를 옮기지요."

"으음, 그, 그렇지."

그러고 보니 하릴없이 복도에서 서성거리고 있는 모양새다.

"이보게, 조 과장."

"예, 말씀하십시오."

"우리…… 오늘 너무도 대단한 인물을 발견한 것 같지 않나?"

"하핫, 당연한 말씀입니다. 그래서 좀 더 얘기를 나눌 수 있는 공간으로 자리를 옮기자는 거지요."

"아아, 잠시만 기다리게."

흥분으로 달아오르려는 조재춘 과장을 다독인 최형만이 상기된 눈빛으로 담용을 바라보았다.

"담용 군, 정말 놀라운 능력을 가졌네."

"놀라운 능력이 있으면 뭐합니까? 써먹을 데가 없는걸요."

"저런! 그러면 안 되지."

최형만의 말투와 태도가 조금 전보다 훨씬 부드러워지고 겸손해진 것 같은 느낌이다.

"좋아, 우선 이렇게 하세.

"……?"

"채 팀장의 자리에 도청 장치가 설치되어 있다면 다른 곳에도 있다고 여겨지네."

"……?"

"그래서 말인데 수고하는 김에 조금 더 수고해 줄 수 있겠나?"

"제가 할 수 있는 일이라면요."

"고맙네. 조 과장."

"예."

"사무실 문이란 문은 전부 열게. 3층 자료실을 제외하고 1

층부터 2층까지 모두! 서두르게!"

"옛!"

최형만의 다소 고압적인 지시에 빠른 걸음으로 걸어간 조재춘 과장이 조용하면서도 빠르게 문들을 열어젖혔다. 미루어 짐작하지 않아도 담용의 염동력으로 점검을 해 달라는 뜻이다.

"근데, 자네 괜찮겠나?"

"뭐가요?"

"그 왜…… 초능력을 발휘하게 되면 심력의 소모가 대단해서 기진맥진한다던데 자넨 어떤가?"

"물론 그런 면이 없지 않지만 지금의 제 능력으로 이 정도 규모는 충분히 감당할 수 있으니 걱정하지 않으셔도 됩니다."

"허허헛, 다행이네. 부탁함세."

"예."

담용은 애국하는 차원에서라도 해야 할 일이라 여겨 선뜻 따랐다.

그와 때를 같이하여 차크라의 기운을 한껏 끌어 올려 귀로 집중시켰다. 그러자 담용의 예민해진 귀가 쇳물에 벌겋게 달아오른 것처럼 빨개졌다.

최형만이 앞장을 서고 담용이 뒤를 따르는 모양새다.

통보가 없었는데 별안간의 사태에 웬일인가 싶었던 직원

들이 문밖으로 나섰다가 최형만을 발견하고는 황급히 사무실로 들어갔다.

건물 내는 별다른 말이 없었음에도 침묵의 기운이 감돌았다.

복도 끝에 다가서던 담용이 입을 열었다.

"없습니다."

"오!"

'없는 것 같다'와 같은 어정쩡한 말이 아닌, 없다고 못 박는 듯한 말투에 최형만이 저도 모르게 탄성을 발했다.

그 한마디로 믿음의 차원이 또 달라졌는지 최형만의 말투가 더 살가워졌다.

"이제 아래층으로 가지."

"예."

담용은 이왕 시작한 것 끝을 보기 위해 두 사람의 뒤를 따라 내려갔다.

그렇게 1층을 두 번씩이나 면밀히 점검했지만 감지되는 것이 없었다.

"1층은 없습니다."

"그럼 한 번 더 부탁하세."

"뭘……?"

"아! 감청을 어디서 하고 있는지 알아봐 주게. 가능하겠는가?"

"해 보겠습니다."

"좋으이. 담배 피우나?"

"아뇨."

"그럼 피우는 시늉이라도 하면서 살펴보도록 하게. 괜히 서성거리거나 주위를 살핀다면 놈들이 이상하게 생각할 테니까."

"알겠습니다."

"여기 담배."

담용은 조재춘 과장이 건네주는 담배 한 개비를 받아 들었다.

"조 과장은 설비 담당자를 호출해서 통신 단자함을 살펴보게."

"알겠습니다."

"담용 군, 가지."

"예."

대답을 하고 묵묵히 따르며 담용은 속으로 최형만이 정말 노련하다는 생각했다. 이유는 다름 아닌 통신 단자함의 녹음 도청에 있었다. 무선이 아닌 유선상의 녹음 도청이 가능한 곳이기 때문이다. 즉, 전화 라인에 녹음 장치를 설치하여 녹음하는 고도의 도청 시스템인 것이다.

하지만 근래에는 잘 쓰지 않는 방식이기도 했다.

그래도 꼼꼼하게 점검해 둘 필요가 있음을 놓치지 않는 최형만이었다.

“후우-!”

담배를 한 모금 빤 뒤 재빨리 뱉어 내던 담용의 표정이 대번에 일그러졌다. 밭은기침이 나오려는 것을 억지로 참으려니 그럴 수밖에 없었다.

‘으…… 써!’

소위 말하는 입안에서 곧바로 뱉어 내는 ‘빠꼼 담배’였어도 엄청 썼다.

그러면서도 차크라의 기운을 귀로 집중시키는 노력을 게을리하지 않았다.

담용의 귀로 온갖 소음들이 집결됐다.

아기 울음소리, 세탁기가 돌아가는 소리, TV가 내는 소음, 자동차의 시동음과 경적음, 사람들이 대화하는 소리와 악다구니와 같은 다툼 소리 등등.

하지만 모두가 일정한 패턴을 두고 내는 소리가 아니어서 걸러내는 데는 별 어려움이 없었다. 더불어 봉제 같은 가내 수공업을 하는 공장이 없는 지역이라 헛갈릴 일도 없었다.

그렇게 걸러내는 시간이 얼마나 지났을까?

‘이거……?’

마침내 미미한 기기음이 담용의 예민한 청각에 잡혔다.

일정한 패턴을 가진 음향은 신호음이 틀림없었다.

확신한 담용이 왼쪽으로 천천히 몸을 틀었다.

그러다가 우뚝 멈췄다.

“찾았나?”

“예, 근데 정문 밖으로 나가 봐야 확실히 알 수 있겠습니다.”

“지켜보는 눈이 있을 수 있네. 지금도 그렇고.”

“담장이 높아서 그렇지 않을 것 같은데요?”

소리의 진원지가 담장 바로 너머여서 하는 말이었다.

“후후훗, 감청하는 장소와 감시하는 장소가 같다면 그건 아마추어들이지.”

“아!”

“담배를 비벼 끄고 태연하게 들어가세. 우린 식후불연초면 금일즉사를 신봉하는 애연가들로 보여야 하니까, 허허헛.”

“풋!”

최형만의 농담에 담용이 외마디 실소를 자아냈다. 막간을 이용해 담배 한 대 피우러 나온 사람들임을 인식하게 만들자는 얘기다.

“그러지요.”

모래를 채운 항아리에 담배를 끈 담용과 최형만이 현관을 통해 건물 안으로 들어섰다.

2층 계단으로 올라서던 담용이 물었다.

"저들이 누군지 아십니까?"

"대충 짐작만 할 뿐이네."

"제가 알아도 됩니까?"

"흠, 내게 잠시 시간을 주게."

일찍이 알았지만 뭐든 허투루 대답하는 법이 없는 최형만이다.

2층으로 올라선 최형만이 대뜸 정면에 보이는 사무실 문을 열고 들어서더니 근무하고 있는 직원들을 향해 말했다.

"어이, 들어오라고 할 때까지 잠시들 나가 있지."

조용한 음성이었지만 하늘 같은 상사의 명령인지라 일사불란하게 지시에 따르는 직원들이다.

그때 조재춘 과장이 들어왔다.

"차장님, 무슨 일입니까?"

"아, 금세 알게 될 것이네. 거긴 어땠나?"

"단자함에서는 이상 징후를 발견하지 못했습니다."

"다행이군. 앞으로는 수시로 점검하도록 채 팀장에게 전하게."

"옛!"

"담용 군, 창문에 바짝 붙지 말고 기둥 옆에 서서 밖을 봐 주게나."

"그러죠."

"조 과장은 뒤에서 살펴보게."

"알겠습니다."

그렇게 세 사람이 자리를 잡았을 때 담용은 굳이 차크라를 운기할 필요도 없이 금세 진원지를 알 수 있었다.

"세탁소네요."

"엉? 세탁소?"

"세, 세탁소라니? 화, 확실합니까?"

"예, 틀림없습니다."

담용의 확신에 찬 말에 더 의심하지 않은 조재춘 과장의 얼굴이 참혹하게 일그러졌다.

"이, 이런. 제길……."

"조 과장, 왜 그러나?"

"저 세탁소는 대부분의 지, 직원들이 옷을 맡기는 곳입니다."

"뭐라고?"

중후한 나이답지 않게 화들짝 놀란 최형만이 다급히 물었다.

"언제부턴가?"

"오래됐습니다. 제가 입사하기 전부터니까요."

"허어. 그럼 그사이 확장했단 말이군."

세탁소가 대대적인 수리를 했는지 매우 깔끔해서 하는 말이었다.

"맞습니다. 3년 전쯤에 주인이 바뀌면서 대대적인 확장 공사를 했습니다."

"주인은 누구지? 아니, 한국 사람인가?"

"예."

"채 팀장도 알고 있나?"

"채 팀장은 여기서 근무한 지 얼마 되지 않아서 저만큼은 모를 겁니다."

"그래?"

또다시 버릇이 나오는 최형만이다. 아마도 생각할 일이 생기면 저렇게 팔짱을 끼고 턱을 괴는 행동이 오래된 습관인 듯했다.

"하면…… 저쪽이 아닐 수도 있다는 애기가 되는데……."

"교포일 수도 있습니다."

"조사를 해 보게."

"알겠습니다."

"그나저나 낭패일세그려."

"이, 이거 어떡하지요?"

당장 수습해야 할 일임에도 걸리는 게 있어서 전전긍긍하는 것이다.

담용은 낭패해하는 두 사람의 모습에서 사정을 대충 짐작할 수 있었다.

세탁을 맡겼던 옷마다 도청 장치를 달아 놓았을 수도 있기에 골치 아파하는 것이다. 즉, 직원들 대다수는 자신도 모르게 첩자 노릇을 하고 있는 셈이었다.

더 골치가 아픈 것은 내부에 첩자가 있을 것을 감안해야 해서 공개적으로 발표해 도청 장치를 제거하기도 곤란하다는 점이었다. 내부의 첩자는 반드시 제거해야만 하는 암적 존재인 탓이다.

섣불리 건드렸다가는 타초경사가 된다.

또 곤란한 점은 내부에 첩자가 암약하고 있다는 것을 가정하면 프로젝트가 낱낱이 까발려지는 것을 방지하기 위해서라도 업무는 '올 스톱'이 될 수밖에 없다. 즉, 아무것도 실행하지 못하는 사태가 발생함으로써 모든 발이 묶인다는 얘기다.

특히나 정보기관이 발이 묶인다는 것은 국가적으로 최악의 사태라고 할 수 있었고, 그만큼 데미지 또한 커서 손해가 막심하다 할 것이다. 정보나 보안의 특성 중 하나가 연계성이니, 그야말로 낭패에 이은 총체적 난국이다.

만약 이번 사건이 상부에 보고되기라도 하면 최형만이 옷을 벗을 수도 있었다. 누군가 책임을 져야 한다면 수장이 옷을 벗는 것밖에는 대안이 없기 때문이다.

보다 못한 담용이 나섰다.

"저……."

“……!”

“제가 해결할 수 있을 것도 같습니다만…….”

“엉! 해, 해결할 수 있다고요?”

역시나 순발력이 앞선 조재춘 과장이 혹해 달려들었다.

“예, 굉장히 쉽고 간단합니다.”

“아!”

뜻밖에도 아무렇지도 않게 말하는 모습에 탄성을 발하던 조재춘 과장이 금세 말을 이었다.

“혹시 염동력으로도 잼잉(jamming : 전파 교란)이 가능한 겁니까?”

“에이, 그런 방식은 저들을 급습할 때나 필요하지요. 그도 아니면 제가 이곳에 근무하면서 계속해서 시도해야 하는 거잖습니까?”

한마디로 번거롭고 가능하지도 않다는 말이다.

“하면 어떻게……?”

“첩자가 있다면 일일이 색출하기도 번거로우니 진원지를 아예 없애 버리면 간단하잖습니까?”

“……!”

두 사람은 마치 ‘뭐가 이리 쉬워?’ 하는 표정으로 담용을 쳐다보았다.

“어, 어떻게 말인가?”

무척이나 중요한 일인지라 내내 팔짱을 끼고 있던 최형만도 팔을 늘어뜨리더니 눈을 좁혔다.

“방금 굉장히 쉽고 간단하다고 말씀드렸는데요?”

“그럼 지금 당장 실행할 수 있는 건가?”

“그럼요. 시작해도 됩니까?”

“아이구, 지금 그걸 말이라고 하십니까? 빨리 부숴 버리세요.”

조재춘 과장으로서야 지금도 정보가 줄줄 새 나가는 것 같은 기분이라 안달을 할 수밖에 없었다.

“근데 조치가 필요하지 않겠습니까?”

“조치는 조사를 끝내고 해도 되네.”

“그럼요. 우리에게 포착됐다면 저들은 옴짝달싹도 못합니다.”

“좋습니다. 혹시라도 감청 장치가 부서지면 무슨 반응을 보일지 모르니 지켜보십시오.”

“만약 반응을 보인다면 의심이 더 굳어져서 재론의 여지가 없겠지.”

“스스로 무덤을 파는 격이죠.”

“시작하겠습니다.”

담용이 말이 떨어지자 두 사람은 입을 다물고는 조금 물러났다.

담용은 세탁소를 한번 쳐다보고는 눈앞에 환기를 위해 열어 놓은 창문을 바라보았다. 이어서 눈을 지그시 감으며 미리 끌어 올려 놓고 있던 차크라의 기운을 제3의 눈이라고 불리는 인당혈로 집결시켰다. 그러자 금세 마치 과부하라도 된 것처럼 머리가 터질 것 같은 느낌이 전해졌다.

연이어 직관력이 증폭되고 눈앞의 현실을 변화시킬 만한 폭발적인 에너지가 모이면서 금방이라도 튀어나갈 듯이 인당혈 부위가 욱신거렸다.

이때 호흡을 해서는 안 된다. 숨을 참을 만큼 참은 담용이 속으로 기합성을 터뜨렸다.

'핫!'

금방이라도 폭발할 것 같았던 차크라가 일시에 소멸되면서 욱신거렸던 인당혈이 금세 진정됐다.

혼신의 기력을 쏟은 담용이었지만, 주변은 아무런 변화도 일어나지 않았다. 그저 고요했다.

이유는 염력으로 쏘아 낸 염동포, 즉 사이킥 캐넌psychic cannon이기 때문이다. 그러니까 염력으로 쏘아 내는 대포인 것이다.

담용의 귀로 '으직!' 하고 기기가 부서지는 소음이 들리고 이어서 스파크 현상인 '파파팟!' 하고 전압이 터져 나가는 음향도 들려왔다.

"후우우웁!"

말로는 쉽다고 했지만 정신력으로 하는 일이 결코 쉬울 리 없다. 하지만 두 사람에게 부담을 주지 않으려고 참았던 숨을 길게 내쉬며 가볍게 입을 열었다.

"끝났습니다."

"예? 어, 어떻게……?"

"저기……."

담용이 창밖을 가리켰다.

"……?"

최형만과 조재춘 과장의 눈에 너른 앞치마를 앞에 두른 세탁소 주인이 나오더니 담배를 입에 물었다. 이어 힐끗 안가를 스치더니 불을 붙이고는 기지개를 켜며 목운동까지 해댔다.

무심코 본다면 자연스러운 행동인 것 같지만, 의심을 가지고 보니 주변을 살피는 것으로 귀결됐다.

당연히 이를 지켜보고 있는 두 사람에게는 현미경으로 살피는 듯 확연한 행동과 태도였다.

이것으로 첩자를 색출하느라 법석을 떨지도 또 타초경사의 우를 범하지 않아도 된다. 담용이 쉽고도 간단하다는 이유가 바로 여기에 있었던 것이다.

"고맙네."

"별말씀을요. 오히려 재주를 썩히지 않아서 제가 더 보람이 있는걸요."

"그리 생각해 주니 고맙군. 조 과장."

"예, 예?"

"뭘 그리 놀라나?"

'어휴! 지금 안 놀라게 생겼습니까?'

조재춘 과장은 엉뚱한 곳에서 소름이 끼치고 있는 중이었다.

만약 방금의 염력을 사람의 머리를 향해 시도했다고 생각해 보면 두개골이 빠개지고 말 것이다.

일시 그런 생각으로 얼이 빠져 있는 조재춘 과장을 최형만이 슬쩍 건드렸다.

툭!

"이 사람…… 뭐 하고 있나?"

"예? 아, 아닙니다."

"원 참……."

"마, 말씀하십시오."

"정신 차리게."

"옛!"

"감청 장치가 기능을 상실했다면 부착된 도청 장치는 소용이 없겠지?"

"짧은 기간에 새로운 장비가 개발되지 않았다면, 아직까지 그런 걸로 알고 있습니다."

이 말은 팀장실은 물론 혹시라도 의복에 부착됐을 수도 있는 도청 장치 역시 죽었다는 뜻이었다.

"본원에 있는 요원에게 연락해서 조사를 시키게."

"알겠습니다."

"아! 다른 방이 있었으면 좋겠는데……."

"3층으로 가시면 됩니다. 자료실이라 분위기가 좀 삭막하긴 하지만 보안은 장담할 수 있습니다."

"자료실이라면 그렇겠지. 담용 군, 가세나."

"예."

"후릅, 후루루……."

심력을 소비했던 뒤끝이라 담용은 녹차를 소리가 나도록 마셔 댔다.

쪼로로록,

다시금 한 잔 또 한 잔을 연거푸 따르고는 들이켰다.

"후아! 이제 좀 살 것 같습니다."

"목이 말랐던 모양이군."

"그게…… 심력을 소모할 때마다 이런 현상이 일어나서요."

"허허헛, 뭐든 공짜는 없는 법이지."

"하하핫, 그런 것 같습니다."

"아무튼 자네 덕분에 큰일을 해결한 셈이네. 이번 같은 일은 여간 골치 아픈 게 아니라서 말이야."

"그보다 내부의 첩자를 색출해 내야 하지 않겠습니까? 도청 장치를 제거하는 것이야 미봉책일 수도 있으니 말입니다."

"그래야겠지."

"제가 도와 드릴 수도 있습니다만……."

기왕에 드러낸 능력이다. 조금 더 드러낸다고 해서 달라질 것도 없어 선심을 쓰는 담용이다.

충분히 가능한 것은 강남경찰서의 배수철에게 강남의 술집 여주인 살인 사건의 범인이 트랜스젠더일 것이라며 알려줬던 방법을 쓰면 된다. 다시 말해서 물건에 담긴 사람의 기억을 읽는 초능력, 사이코메트리를 이용하면 첩자가 누군지 금방 알아낼 수 있었다.

하지만 최형만은 사양했다.

설레설레.

"고맙지만 지금은 아닌 것 같네. 일단 우리 역량으로 해보고 안 되면 그때 다시 부탁하도록 하지."

"예에……."

"그보다……."

덜컥!

출입문이 열리면서 조재춘 과장이 들어왔다.

"차장님, 지시하신 대로 조치하고 왔습니다."

"빨리도 왔군."

"하하핫, 육담용 씨의 또 다른 능력이 궁금해서요."

"뭐?"

"혹시 제가 자리를 비운 사이에 드러낸 건 아니겠지요?"

"푸헐! 다행히 아직일세."

"하핫, 이거…… 제가 복이 있나 봅니다."

조재춘 과장이 등받이가 없는 의자에 걸터앉아 자신의 잔에 녹차를 따를 때, 최형만이 입을 열었다.

"점심식사 전에 하던 얘기대로 되면 얼마나 좋겠나?"

현직 대통령이 노벨평화상을 받는 일을 말하는 것이리라.

"정말…… 꿈에서 들은 건가?"

"아뇨, 본 겁니다."

"엉? 보다니?"

"그냥 자다가 파노라마처럼 영상이 지나가는 걸 본 것일 뿐이며 깨어나서도 기억이 또렷했다는 말이죠."

"어허! 그게 가능한가?"

"하면 방금의 일도 가능한 겁니까?"

"……!"

"초능력자들에게는 각각 특이한 능력이 있는 걸로 압니다. 예를 들면 누구는 투시 능력을 가졌거나 애니멀 커맨딩이라고 해서 동물들과 교감할 수 있는 능력을 보유하고 있죠. 혹은 저처럼 염동포, 즉 사이킥 캐넌을 구사할 수 있다든지요."

"흠, 꿈하고는 별개의 것 같은데……."

"아직 다른 초능력자들을 만나 보지는 못했습니다만 아마도 저처럼 뭐가 됐든 다른 특기도 함께 지니고 있을 겁니다."

"그, 그런가?"

초능력자들을 대해 본 바가 없어 담용이 그렇게 말하니 그런가 보다 하는 최형만이다.

"그리고 제가 알기로는 각 나라마다 초능력자들에 대해서만큼은 엄밀한 보안을 유지한답니다. 혹시 두 분께서는 이에 대해 알고 있는지요?"

"……!"

담용의 말에 일순 할 말을 잃은 두 사람이 서로를 쳐다보았다.

마치 '너는 알고 있냐?' 하고 묻는 눈빛이다.

"크흐흠, 미안하네만 모르고 있었네. 아니, 그런 조직이 있는지조차 모른다고 봐야겠지."

'푸후훗, 나도 모릅니다. 그냥 찔러 본 거지.'

애초 스스로의 격을 높이려고 한 말이어서 내심 쓴웃음을 지은 담용이 말했다.

"글쎄요. 저 역시 막연하게 아는 것이라 확실한지는 알 수 없습니다."

"아닐세. 충분히 일리가 있는 말이네."

"그렇습니다. 그 정도 능력자라면 정부에서 관리하는 것이 당연합니다."

"흠, 그건 차차 알아보겠네. 그리고 알게 되면 대우를 하든 보호를 하든 조치를 해야겠지. 그건 그렇고…… 현 대통령의 일은 예지력 같은 것인가?"

"아마도요."

"그렇단 말이지."

"한 가지 사건을 더 말씀드리지요."

"어, 말해 보게."

"이건 이미 지난 4월에 있었던 일인데요."

"오! 그, 그래서?"

"정확한 날짜는 2000년 4월 7일에 강원도 동해안에 대형 산불이 발생하는 화재 사건이었습니다."

"어? 지난 4월이라면…… 그런 일이 발생한 적이 없는 것 같은데요?"

"그럴 수밖에요."

"예?"

"제가 미리 알고 국방부 예산 운영 담당 부서 소속의 한정희 중령, 아니 소령에게 전화를 해서 미리 막았으니까요."

"예에에? 그게 정말입니까?"

"금방 들통이 날 일을 왜 말하겠습니까? 국방부에 전화를 걸어 보면 알 일을……."

"그, 그건 그렇지요."

"담당자 전화번호를 알려 드릴 테니 적으세요."

"아, 잠시만……."

조재춘 과장이 급히 메모 준비를 하는 것을 본 담용이 빠르게 읊어 댔다.

"전화번호는 내선이 900-○○○○이고 일반 전화는 748-○○○○ 그리고 휴대전화는 011-231-○○○○입니다."

"아, 예. 기회가 되면 연락해 보겠습니다."

"뭐, 그런 건 이미 지난 일이니 소용이 없지요. 저기…… 혹시 러시아와 교류가 있습니까?"

"러시아?"

"예."

"이유가 있나?"

"당연히요. 100명에 가까운 인원이 바다에 수장되는 사건이니까요."

"뭐? 100명이 죽는단 말인가?"

"수장이라면…… 강이나 바다가 아닙니까?"

"강은 아니고 바다입니다."

"흠, 일단 말해 보게."

"오늘이 8월 9일 수요일이니 사건이 일어나기까지 대략 2, 3일이 더 있어야겠네요. 제가 정확한 날짜와 시간을 잘 몰라 이렇게밖에는 말을 하지 못합니다."

"알았으니까 어서 말해 보게나."

"아마 영상으로 보아 핵잠수함인 것 같았습니다."

"해, 핵잠수함!"

"예."

"그게 어떻게 된단 말인가?"

"폭발로 침몰한다는 거지요."

"헉! 포, 폭발!"

"어, 어디서 말입니까?"

"장소요?"

"예!"

"그건 저도 잘 모릅니다. 다만 러시아 국기가 보여서…… 그리고 잠수함의 규모가 오스카급이라 핵잠수함이라고 추정한 겁니다."

"헐-!"

"러시아 측에 알려 줄 수 있으면 사고를 막을 수 있겠지만…… 어렵겠지요?"

"어렵네."

일고의 여지도 없다는 듯 곧바로 대답하는 최형만이다. 그도 그럴 것이 군사기밀인 데다 또 군사작전 중에 일어나는 일일 가능성이 농후한 때문이다.

만약 그걸 말했다가는…….

경우의 수가 너무나 많아 언급할 수도 없다.

괜히 북극곰 혹은 크렘린의 흑곰이라고 부를까.

그들의 시커먼 속내를 상징적으로 일컫는 용어들이다.

설사 알려 준다고 치자. 들어먹을 리도 없겠지만 정말 사고가 났다고 가정하면 최악의 경우에 직면할지도 모른다.

다름 아닌 이를 알려 준 대한민국에 덤터기를 씌울 수도 있다. 바로 대한민국의 공작에 의해 일어난 일이라고……….

이 외에도 무슨 불이익이 생길지 모른다.

이게 바로 현존하는 강대국의 논리인 것이다.

"그렇다면 할 수 없지요. 그들의 운명이 그것밖에 안 되는 걸 어쩌겠습니까?"

"그렇게 자신하는가?"

"그럼요. 이번 주 내로 러시아 측의 동향을 면밀히 살펴보면 갑자기 어수선해지는 걸 아시게 될 겁니다."

"크흠. 그, 그렇겠지."

기실 담용이 말하는 핵잠수함 사건은 회귀 전의 이 시기에 발생했던 쿠르스크호 침몰 사건을 말하는 것이었다.

정확히는 2000년 8월 12일 토요일 오전 11시에 일어난 폭발 사건이다.

1년 후인 2001년에 인양된 시신은 모두 94구였다.

더 웃긴 것은 음모론이었다.

이 중 가장 널리 퍼진 음모론은 쿠르스크호가 훈련을 몰래 정찰하던 미국 또는 영국 핵잠수함과 충돌하여 그 충격으로 어뢰가 폭발했다는 설이다. 좀 더 막나간 음모론은 아예 쿠르스크호가 미국 공격 원잠과 교전을 벌여 격침되었다는 설이었다.

이런 판국이니 최형만이 선견지명이 있어서가 아니라 국제사회 특히 군사 부분에 대해서는 첨예한 대립각을 세우고 있기에 애초 알려 주지 않는 게 낫다는 판단인 것이다

"으음, 그건 알아보면 될 테고…… 또 도움이 될 만한 게 없겠는가?"

"아주 중요한 것이 있지요."

"뭐, 뭔가?"

"차장님."

"마, 말해 보게."

"제가 요즘 차장님께서 가장 예민하게 주시하고 있는 곳을 알아맞혀 볼까요?"

"……?"

"아마 이번 2000년 미국 대선일 겁니다. 맞지요?"

"쩝, 할 말이 없군."

"뭐, 미국 대통령이 누가 되느냐에 따라 일희일비할 일이 많으니 당연하겠지요."

"그, 그렇긴 하지."

"저기…… 혹시 꿈에 누가 당선되는지 나왔습니까?"

"그럼요."

"……!"

"하하핫, 애태우지 않고 말씀드리지요."

꾸울꺽.

긴장이 되는지 조재춘의 목울대가 크게 꿀럭이며 침이 넘어가는 소리가 들렸다.

"결론만 말씀드리면 지난 공화당의 제41대 대통령이었던 조지 H. W. 부시의 아들인 조지 W. 부시 후보가 민주당의 엘 고어를 누르고 당선됩니다. 그러니 그에 대한 로비를 하시면 국익에 도움이 될 걸로 압니다."

"허어, 클린턴 대통령의 아성이 무너진단 말인가?"

"예, 무너집니다. 그것도 와르르요."

"저, 저…… 육담용 씨, 좀 더 자세히 말을 해 주시겠습니까?"

"그러죠 뭐. 여기 오기로 마음을 먹었을 때 이미 모든 업무를 내려놓고 왔으니 시간은 많습니다, 하하핫."

"아…… 하하핫, 아예 저녁에 같이 술자리까지 하지요."

조재춘 과장은 당장 엄청난 전력이 될 수 있는 담용을 쉽게 놓아주고 싶지 않았다.

"에? 저 두주불사하는 체질이라 술값이 꽤 나올 텐데요?"

"그러면 어떻습니까? 여기 든든한 물주이신 차장님이 계신데요."

"아니, 이 사람이!"

"하하핫!"

"크헛헛헛!"

기분 좋은 결실

TF팀의 미팅이 막 시작되려는 찰나에 담용의 휴대폰이 '우우웅' 하고 마구 떨어 댔다.

"예, 육담용입니다."

—미스터 육, 설리번이오.

"어이구! 미스터 설리번, 지금 어딥니까?"

—제주공항이오.

"어? 지금 출발하시려고요?"

—그렇소. 8시 비행기니까 2시간 내로 도착할 수 있다오.

"2시간이면…… 서울의 숙소까지 도착하는 시간이겠군요?"

"하하핫, 대충 그럴 거요."

"숙소는 어디로 정하셨습니까?"

—오크우드 호텔에 예약을 해 놨소.

"오크우드 호텔이라면…… 아아, 강남공항터미널 옆에 있는 호텔이군요."

—맞소이다. 리무진에서 내리면 바로 보이오.

"하면 오시는 이유가……?"

—무슨 이유겠소? 회장님께서 계약을 하라고 하니 따라야지요.

"알겠습니다. 양해 각서를 준비하겠습니다."

—천만에. 본계약서를 준비해 주시오.

"예? 양해 각서 없이 바로 본계약에 들어가시겠다고요?"

—그렇다니까요.

"아니, 점검할 것이 하나둘이 아닐 텐데요?"

—하하핫, 나 역시 그 부분 때문에 꺼려지긴 하오만 회장님께서는 까다롭게 굴지 말고 그냥 계약하라고 하십니다.

"알겠습니다. 그 대신 제가 꼼꼼하게 짚어서 계약서를 작성하도록 하겠습니다. 특히 민감한 부분은 특약 사항을 넣어서라도 차질이 없게 해 드리지요."

—하하핫, 제가 미스터 육에게 미리 연락한 이유가 바로 거기에 있는 거요.

"감사합니다."

—특약 사항에 반드시 기입해 줄 문안이 있소이다.

"뭡니까?"

—양해 각서 없이 계약하는 대신에 계약 후 2년 동안은 SG모드 측에서 목장지에 문제가 발생할 시 전반적인 사안에 걸쳐 적극 협조한다는 문구요.

"그건 당연히 기입할 문구지만 기간에 대해서는 협의해 봐야겠습니다. 아마 제 생각엔 가능할 겁니다. 또 다른 건은요?"

—나머지는 알아서 작성해 주시오.

"알겠습니다."

—고맙소.

"별말씀을요. 근데 미첼 회장님께서 SG목장을 마음에 들어 하셔서 매입하시는 겁니까?"

—그런 부분보다는 사모님의 고국이어서 뭔가를 해 주고 싶었던 마음이 작용한 것이라 보면 맞을 겁니다.

여기서 사모님이란 민혜영을 말했다.

"아, 예……."

—그리고…… 매매 금액은 우수리를 뺀 나머지를 드리는 것으로 하면 어떻겠소?

"600억에 계약하시겠다는 겁니까?"

—우수리 26억을 빼면 그렇지요.

200만 평이 넘는 목장지를 평당 3만원으로 계산한 매매금액이 626억이어서 하는 소리다.

순간 숨이 멎는 기분인 담용이다.

'후읍. 침착, 침착.'

쿵쾅. 쿵쾅. 쿵쾅.

감당이 되지 않을 정도로 몰려드는 흥분이 급속도록 빨라지고 있었다. 아니, 제어가 안 되는 펌프질로 인해 심장이 아파 올 지경이다. 하지만 당장 물어봐야 할 말이 있었기에 가까스로 입을 뗐다.

"그, 그럼 계약금은 얼마나……?"

–아! 혹시 오늘 바로 노미늘 트랜스퍼(nominal transfer : 소유권 이전)**가 가능하겠소?**

"예? 계약과 동시에 소유권 이전을 하길 원하시는 겁니까?"

–회장님께서 그렇게 해 주길 원하시오.

'으아아아!'

담용은 내심 크게 비명을 질러댔다.

국제간의 부동산거래에 MOU도 없이 매매계약이 성사되는 것도 놀라운 일인데 거기서 더 나아가 일시불이라니!

그것도 1,200원의 넉넉한 환율로 환산한다 해도 물경 5천만 불에 달하는 거액의 부동산 거래를 말이다.

당장 숨이 멈추지 않는 것이 다행일 정도로 흥분한 담용이 얼른 말했다.

"가, 가능하긴 한데……."

잠시 말을 멈춘 담용이 다시 한 번 심호흡을 하고는 말을 이었다.

"그럼 이렇게 하지요."

—어떻게요?

"명의 이전을 할 법인이 아직 설립 전이시니 매도자 측의 이전 서류 일체를 변호사에게 위임하는 방식으로 처리하는 게 어떨지요?"

—좋습니다. 하면 그 부분은 미스터 육이 맡아 주시오.

"그렇게 하지요."

—그리고 계약 장소는 오크우드 호텔 비즈니스 룸으로 하면 어떻겠소?

"그게 편하시다면 직원을 보내서 준비해 놓겠습니다. 거기에 소요되는 비용 일체는 저희가 대지요. 근데 일행은 몇 분이십니까?"

—나 혼자 갑니다.

"아, 네……."

—어차피 처음부터 미스터 육을 믿고 하는 계약인데 사람이 많을 필요가 있겠소? 하하핫.

"믿어 주셔서 감사합니다."

—하하핫, 그럼 이따가 봅시다.

"예, 준비해 놓고 기다리지요."

탁!

"후우우우웁!"

폴더를 덮자마자 마크 설리번에게서 계약을 하겠다는 말을 듣고 난 후부터 대화 내내 흥분되는 마음을 억지로 내리누르느라 가빠졌던 숨을 한꺼번에 내쉬는 담용이다.

매수자 입장인 설리번이야 여유를 부린다지만 중개인인 담용의 입장으로는 이런 빅딜이 쉽지 않았기에 심장이 튀어나올 것 같은 두근거림은 물론 오만 감정이 다 들었다.

기실 절반을 뚝 잘라서 300억, 아니 3분의 1 가격인 200억에 계약을 하자고 해도 감지덕지하며 응할 판인데 배짱으로 툭 던져 놓은 금액에 계약한다고 하니 도무지 믿기지가 않았다.

물론 626억이란 금액이 그냥 무턱대고 나온 것은 아니라 나름대로 철저한 가치 평가에 의해 산출되었다. 아니, 기실은 실제 금액은 이보다 더 많이 산출됐었다.

그도 그럴 것이 200만여 평의 평당 토지 가격과 토목 비용 그리고 초지 조성 비용과 각종 부대시설만 하더라도 800억이 훌쩍 넘는 가치 평가가 나왔기 때문이다.

하나 현재 대한민국이 처해 있는 부동산 시장 사정을 십분 감안해서 이 정도 가격이면 매각에 합당하다는 결론을 도출해 매입 제안서를 만들었었다.

한데 이게 먹혀들 줄이야 뉘 알았겠는가?

뭐, 민혜영의 공이 전혀 없다고는 볼 수 없겠지만 사업이란 것이 인정에 얽혀서 할 수 있는 게 아님을 생각하면 담용의 배짱이 승부수가 된 것이라 할 수 있었다.

이제 (주)SG모드의 전 직원이 실업자가 되지 않아도, 아니 길바닥에 나앉지 않아도 되는 희망이 생겼다.

그런 마음이 고무됐던지 담용은 저도 모르게 주먹을 불끈 쥐고는 허공을 쳤다.

"아싸!"

"팀장!"

"……?"

"이거?"

전화를 통화를 엿듣고 있던 유장수가 엄지와 검지로 원을 만들어 보이며 기대에 찬 눈빛을 보냈다. 의미인즉 계약이 오케이냐고 물어보는 것이다.

담용의 입에서 대답이 바로 튀어나왔다.

"예, MOU 없이 곧바로 계약에 들어가겠답니다."

"우와아-!"

"으아아-!"

"만쉐이-!"

담용의 말이 떨어지는 즉시 초조한 마음으로 결과를 기다리고 있던 팀원들의 입에서 엄청난 환호성이 터져 나왔다. 이어서 그것도 모자라 책상을 마구 두드려 대며 급격히 상승해 오는 아드레날린을 풀어냈다.

그도 그럴 것이 거래 금액이 적지 않은 것도 원인이었지만 더 놀라운 건 용역비, 즉 수수료로 받는 금액이 계약 금액의 10퍼센트나 되기 때문이었다.

이는 IMF하에서 도저히 팔릴 수 없는, 아니 팔기 불가능한 목장지라 SG모드 측에서 수수료를 높여서라도 팔고자 한 덕분이었다.

또한 팀원들이 사무실이 떠나갈 듯이 환호성을 쳐 대는 데는 그만한 이유가 있었다. SG목장을 계약함으로써 부산물(?)로 따라오는 추가 계약이 절대 만만치 않은 금액이기 때문이다.

내용인즉 SG모드 측과의 자산 매각 옵션에 따른 계약 조항이 다음과 같았기 때문이다.

제22조(특약 사항) - SG모드 소유의 자산 매각 옵션.

(1)목장을 매각하는 조건으로 아래의 부동산을 매각할 자격을 부여하기로 한다.

㉠부동산 소재지 : 서울 강남구 역삼동 825-○○

면적 : 약 1,200평

현재 : 나대지

㉡부동산 소재지 : 서울 종로구 서린동 ○○번지

면적 : 826평

현재 : 7층 건물(연면적 : 3,266평)

ⓒ상기 ㉠과 ㉡항은 계약금이 지급되는 시점을 기준일로 하여 매각 행위를 할 수 있다.

이와 같이 거래 금액으로만 보면 물경 1,300억에 달해 SG 목장은 게임도 되지 않는 거액의 계약인 것이다. 게다가 이미 주경연 회장이 매입하겠다고 약속한 상태라 매각을 위해 동분서주할 필요도 없는 상황임에야.

바로 일타삼피, 일거삼득, 도랑 치고 가재 잡고 물장구까지 치며 재미있게 놀기가 아니고 뭔가?

사실이 이렇다 보니 자연 담용과 팀원들이 흥분의 도가니 속으로 빠져들 수밖에 없었다.

흥분의 도가 지나쳤던가, 급기야 출입문이 왈칵 열리면서 부사장인 이기주가 놀란 눈빛으로 들어섰다.

"아니, 도대체 무슨 일이 벌어졌기에 이리 시끄러운 건가?"

"히히힛, 무슨 일이긴요. 신나는 일이 벌어졌죠."

"어? 그래?"

"그럼요."

"안 과장, 말해 보게, 무슨 일인지."

"헤헤헷, 곧 팀장님이 보고드릴 것이니 궁금하셔도 참으세요."

"크흠, 잘됐군. 육 팀장!"

"예."
"사장님이 잠시 왔다 갔으면 하시는데?"
"알겠습니다. 남은 업무만 처리하고 금방 가겠습니다."
"손님이 와 계시니 너무 기다리게 하지 말게."
"그러죠."
이기주가 사무실을 나가자 담용이 말했다.
"시간이 좀 급해졌습니다. 그러니 기존의 업무를 잠시 미루고 SG목장 건부터 처리하도록 합시다. 먼저 설 과장님."
"네, 팀장님."
"고미옥 씨와 오크우드 호텔로 가서 비즈니스 룸을 빌리세요. 시간은……."
담용이 벽시계를 힐끗 쳐다보고는 말을 이었다.
"10시부터 13시까집니다."
"알겠어요. 세팅을 완벽하게 해 놓겠습니다."
"지금 바로 움직이세요."
"네! 미옥 씨, 가요."
"네!"
"유 선생님은 SG모드에 연락해서 명의 이전에 필요한 서류를 가지고 오크우드 호텔로 오라고 해 주십시오."
"알았네."
"아! 그동안 오간 애기를 토대로 계약서에 명기할 문구도 작성하시고요."

"당연한 애길세."
"한 과장님이 좀 도와주십시오."
"알겠습니다."
"그리고 안경태 과장은 SG목장에 관한 서류 일체를 최근의 것으로 구비해 오세요. 그리고 등기부등본상의 채권 채무 관계표를 한눈에 볼 수 있도록 정리해 세 부를 준비해 주시고요."
"옙! 완벽하게 해 놓겠습니다!"
"다음은 송 과장님."
"예, 여기 대기하고 있습니다."
"후후훗, SG목장의 계약이 끝나면 다음 순서가 뭔지 아시죠?"
"하하핫, 당연히 알고 있지요."
강남구 역삼동 토지와 종로구 서린동 건물을 주경연 회장에게 매각하는 일을 모를 리가 없다.
사무실의 분위기는 너무도 신나는 일에 봉착해서인지 지시하는 담용이나 지시를 받는 팀원들 모두가 한결같이 싱글벙글이다.
"장영국 씨의 보조를 받아 계약 준비를 해 주세요."
"오늘 한꺼번에 다 끝낼 심산입니까?"
"질질 끌만큼 끌었으니 이만 끝내야지요."
"하하핫, 알겠습니다. 근데 이번 일이 끝나면 다른 업무가 있어야 할 텐데요?"

"후후훗, 업무는 산처럼 쌓여 있으니 나중에 일이 너무 많다며 엄살이나 피우지 말아요, 하하핫."

"하핫! 일이 없을까 걱정이지 많다는데야 뭔 걱정입니까? 아무튼 알겠습니다.

"자 자, 모두들 철저히 준비해서 계약에 차질이 없도록 해 주세요."

"염려 마십시오."

"그럼요. 걱정할 일이 따로 있지, 이날만 기다려 온 계약인데 실수할 수는 없지요."

"하하핫, 그럼 있다가 봅시다."

KRA 사장실.

유상현이 이기주의 뒤를 따라 실내로 들어서는 담용을 보고 반색하며 반겼다.

"어서 오게나."

"찾으셨다고요?"

"하핫, 이렇게 일부러 찾지 않으면 얼굴 보기도 힘드니 원……."

"죄송합니다."

담용이 실내를 살피니 유상현과 이기주 외에도 파란 눈에 금발의 외국인이 한 명 더 있었다. 한데 어디서 본 낯익은 얼굴이다.

담용의 뇌리가 맹렬하게 돌았다. 그러자 금세 외국인의 정체, 아니 낯이 익은 이유를 알았다.

'신경섭!'

그랬다.

HJ빌딩 경매에 참석하기 위해 갔었던 캠코에서 박신우와 신경섭의 고객으로 왔던 외국인이다. 아울러 신경섭이 폴린이라고 불렀던 이름까지 기억났다.

하지만 폴린은 담용을 모르는 눈치인지 눈만 껌뻑껌뻑하고 있다.

그제야 폴린 때문에 자신이 불려 왔다는 것을 짐작했지만 담용은 모르는 척하고 물었다.

"그런데 무슨 일로 저를……?"

"아아, 바쁜 사람인 것 아니까 잠시 거기 앉게나."

"예."

소파 끝에 살짝 걸터앉는 담용에게 유상현이 폴린을 가리키며 말했다.

"여기 이분은 미국 뉴욕 대학에 교수로 재직하고 있는 내 동창이 소개해서 우리 회사를 방문하게 된 폴린 맥코이 씨라고 하네. 인사하게."

"아!"

짧은 탄성을 발한 담용이 그 즉시 손을 내밀며 반가운 표정을 드러냈다.

"맥코이 씨, 처음 뵙겠습니다. 담용 육이라고 합니다."

"오우! 미스터 육, 만나게 되어 반갑습니다."

담용의 무리 없는 영어 구사가 반가웠던지 맞잡은 손을 세차게 흔든 폴린이 말을 이었다.

"그냥 폴린이라고 불러 주세요."

"알겠습니다, 폴린."

흔히 친해 보자고 할 때 편한 이름을 불러 주기를 바라는 정서임을 알기에 담용은 곧바로 원하는 대로 이름을 불러 주고는 유상현을 쳐다보았다.

무슨 의미냐고 묻는 눈빛이다.

물론 이 역시 대충감이 잡힌다.

고객, 그것도 바이어다.

"크흠, 폴린 씨는 리즌어블한 커머셜 빌딩을 구하려고 내한했다네."

"아, 그래요?"

대답을 함과 동시에 폴린을 슬쩍 쳐다보니 목을 고장 난 것처럼 흔들며 웃고 있었다.

"응, 적당한 게 있겠나?"

"리즌어블이란 말은 합리적인 가격을 말하는 건데, 대체 그 적정선이 얼맙니까?"

"아, 그건 이걸 보고 참고하게."

유상현이 탁자에 놓였던 A4 용지를 내밀었다.

"……?"

담용이 대충 살펴본 내용은 이러했다.

강남 업무용 빌딩 500억 내외 : 수익률 10% 내외

강북 업무용 빌딩 500억 내외 : 수익률 10% 내외

4대문 안 업무용 빌딩 2,000억 내외(리노베이션 혹은 리모델링이 가능한 노後 건물)

상기 거래가 성공적으로 끝났을 때, 5,000억 이상의 업무용 빌딩을 의뢰할 수도 있음.

"……!"

담용이 이번에는 다소 놀란 눈빛으로 쳐다보자 유상현이 명함 하나를 내밀었다.

"폴린 씨의 명함일세."

"아, 네…… 엇!"

명함의 첫머리 이니셜을 보자마자 담용이 부지불식간에 짤막한 비명을 토해 내고는 폴린을 쳐다보았다.

"BOA라면…… 노스캐롤라이나주 샬럿에 위치한 그 은행……?"

"오우, 오우! 맞습니다. 잘 아십니까?"

"그야 워낙 유명한 은행이니 모를 리가 없지요."

BOA란 Bank of America의 앞글자만 딴 이니셜로 아메리카 은행을 뜻했다. 고로 미국 최대의 자산 규모의 상업은행이었으니 담용이 놀라지 않겠는가?

'이건 월척이군. 아니, 대박인가?'

시간을 거슬러 오기 전에는 없었던 일이었지만 그런 건 아무래도 좋았다.

이제는 무엇을 해도 자신이 생겼다는 것이 그 이유다.

'후훗, KARU에 의뢰했다가 실망한 모양이군.'

신경섭이 근무하는 부동산 회사다.

그런데 유상현이나 이기주가 말을 하지 않은 것을 보면, 폴린이 그 이야기를 하지 않은 눈치다.

'쯧, 아쉽군.'

SG목장 건으로 인해 더 이상 시간을 끌 수도 없는 담용이라 지금 일어서야만 했다. 또한 당장 어찌할 수 있는 상황도 아니다.

"사장님, 지금은 상담할 여건이 안 되는데 어쩌죠?"

"아, 방금 들려왔던 환호성 때문인가?"

유상현도 대충 눈치를 챈 것 같았다.

하기야 TF팀에서 환호성이 터져 나올 때마다 거액이 굴러 들어 왔으니 그걸 기대하는 표정도 곁들여져 있다.

"예, 두 시간 내로 처리해야 할 일이라 시간이 없습니다."

"알았네. 오늘은 나와 부사장이 상대하면서 정보를 조금 더 얻어 놓겠네."

"그래 주시면 더 좋지요."

빙긋 웃어 보인 담용이 폴린을 향해 말했다.

"폴린 씨, 다음 주 월요일에 당신이 원하시는 물건 몇 가지를 정리해서 제출하도록 하겠습니다."

"오우, 기대하고 있겠습니다."

서걱. 서걱. 서걱. 달그락. 달그락.

오후 2시가 다 되어 가는 시각에 오크우드 호텔 지하 1층 뷔페에서 늦은 점심을 먹고 있는 담용과 마크 설리번이다.

SG목장을 계약함과 동시에 명의 이전까지 끝내느라 폭풍 같은 시간을 보낸 두 사람이다 보니 시장했던지 한동안 말없이 식사에만 열중했다.

설리번이 혼자이다 보니 계약을 끝낸 후 그냥 헤어질 수가 없었던 담용이 식사라도 같이 하려고 붙잡은 탓에 마련된 자리였다.

아무튼 그렇게 시간이 지나고 웬만큼 시장기를 면했을 즈음이다. 담용이 아직도 배가 안 찼는지 줄곧 쇠고기 등심 스테이크에 목을 매고 있는 설리번에게 말했다.

"참! 제주도에서 거주할 집은 마련했습니까?"

"아직 구하지 못했소. 맘에 드는 별장은 대부분 재벌들의 소유라 팔지를 않더군요."

"그런 사람들이야 부도가 나기 직전이 아니라면 돈이 필요할 일이 없을 테니 팔 이유가 없지요."

"그래서 회장님은 정 살 수가 없다면 땅을 구해서 지을 생각까지 하시는 것 같았소."

"왜 그리 집착하시는 겁니까?"

"사모님 때문이지요."

"푸훗! 어지간히도 금슬이 좋은 모양입니다."

"뭐, 이해하지 못할 것도 아니지요. 파릇파릇한 나이의 사모님이 미모마저 갖췄으니 뭐든 다 해 주고 싶지 않겠소?"

에둘러 말하고는 있지만 늙은이가 젊은 여자를 데리고 살기가 쉽겠냐는 뉘앙스가 풍겼다.

'쩝, 말을 잘못 꺼냈나?'

설리번의 심기가 별로인 것 같자 본의 아니게 월하노인이 돼야 했던 자신도 자유로울 수가 없는 처지다 보니 얼른 대화의 주제를 바꾸려고 막 입을 열렸던 그는 설리번이 먼저 입을 뗐기에 다시 다물었다.

"아마 앞으로는 1년의 반은 코리아에서 보내고 반은 호주에서 생활할 것 같소."

"어? 그, 그렇게까지요?"

"사모님이 그렇게 원하니 어쩌겠소? 아마 겨울과 봄은 코리아에서 보낼 것 같고 나머지는 호주 생활일 거요."

"계절을 반대로 살겠군요."

한국이 겨울이면 호주는 여름이어서 하는 소리다.

"뭐, 그건 그렇고……."

포크를 잠시 놓은 설리번이 안주머니에서 하얀 봉투를 꺼내 담용에게 건넸다.

"뭡니까?"

"회장님의 선물이오."

"예?"

"그렇게 놀란 토끼 눈으로 쳐다보지만 말고 일단 펴 보시오."

"아, 예……."

밀봉된 봉투를 찢어 내용물을 꺼낸 담용은 펼치자마자 눈을 휘둥그레 뜨고 말았다.

"이, 이게 뭐, 뭡니까?"

"뭐긴요. 머레이 걸번 코리아 유가공 업체에 대한 미스터 육의 지분이지요."

설리번의 말처럼 ㈜MGK의 지분 1.5퍼센트의 소유주가 담용의 이름으로 명기되어 증서로 꾸며져 있었던 것이다.

이는 앞으로 법인이 발족되고 주식이 발행되면 지주가 된다는 애기였으니 놀라고 당황스러운 심정일 수밖에 없는 담용이다.

난데없는 횡재(?)에 당황한 담용이 재차 물었다.

"그, 그러니까 이게 뭐냐고 묻지 않습니까? 대체 이게 왜 내게……."

"아아, 다 이유가 있소."

"무슨…… 이유요?"

"회장님과 사모님을 중간에서 맺어 준 보답이라고 생각하면 되오."

"예에?"

"그 문제는 어제오늘 결정한 사항이 아니라오."

"……?"

"미스터 육이 사모님과 함께 호주를 방문했을 때 이미 정해진 사안이었소."

"아니, 그런 보답이라면 이미 차고도 넘치게 받았는데 어찌 이러시는 겁니까?"

무역 회사인 원상체인에서의 과하다 싶었던 수출 계약에 이어 조금 전에 끝난 SG목장을 계약한 것만으로도 담용은 분에 넘치게 받았다는 생각이었다.

"하하핫, 저는 결정권이 없으니 제게 따져 봐야 소용이 없습니다. 그리고 이미 주주로 등재를 해 놨으니 미스터 육이 사양한다고 해도 늦었다오."

"하-!"

"그러니 주주 등록을 위한 서류나 준비해서 주시오."

"끄응."

좋은 일이나 마음이 편치만은 않은 것 같아 절로 앓는 소리가 나왔다.

어쨌든 1.5퍼센트의 지분이 얼마나 큰지는 아직 감이 안 잡히지만 한 가지는 알겠다. 머레이 걸번이 망하지 않는 한 평생 돈으로 아쉬워할 일이 없어졌다는 점이다.

"하면 회사 이름이 ㈜MGK 유업이 되는 겁니까?"

"그렇소. 머레이 걸번 코리아의 이니셜이지요."

"앞으로 많이 바빠지겠습니다."

"하하핫, 그 때문에 본사에 설비 팀과 기술 팀을 오라고 해 놨지요. 그래서 말인데……."

"말씀하시지요?"

"목장지 계약이 끝났으니 연구동도 빨리 마무리를 했으면 하오."

연구동이라면 팀원들이 한때 워크숍을 갔던 장소로 양주군 수내면에 위치해 있는 건물을 소개한 바가 있었고, 또 그것을 마음에 들어 했으니 계약 날짜만 정하면 되는 일이었다.

"아! 그 문제는 SG목장이 해결되기만 기다리고 있었던 사안이니 날짜만 정하시면 내일이라도 계약이 가능합니다."

"아! 그렇다면 법인이 나오면 바로 계약하도록 하지요."

법인 주소지를 영암으로 하면 되는 일이니 향후의 일이야 일사천리로 진행될 것이다.

"그리고 나 혼자서 일하기에는 벅차니……. 아! 그 전에 말해 둘 게 있소."

"……?"

"아무래도 한국 법인 대표로 내가 될 것 같소."

"어? 그거 확실합니까?"

"아무래도 회장님의 의중과 본사에서 돌아가는 판세로 보아 그렇게 가닥이 잡힐 것 같은 기분이 드오."

"그거…… 잘된 일 아닙니까?"

직분이 이사급이니 진급 수순으로 보면 해외 법인 대표가 되는 것이 순리이기에 하는 말이다.

"본사로 치면 상무급이 되는 셈이니 영전은 맞는데, 해외 근무라 좀……."

"아하하핫! 설리번 씨야 어떨지 몰라도 전 좋기만 한데요?"

"쩝, 그래서 미스터 육이 좀 도와줘야 할 일이 있소."

"뭡니까? 제가 할 수 있는 일이라면 뭐든 도와 드리지요."

"고맙소. 믿을 만한 인물 둘 정도만 소개해 줬으면 하오만……."

"낙농업을 전공한 사람이 필요한 겁니까?"

"아니오. 그건 차후에 공채로 뽑을 것이오. 그냥 내가 코리아를 잘 몰라서, 웬만한 일을 대신 해 줄 만한 인재면 되오. 문제가 생길 때마다 매양 미스터 육에게 신세 질 수는 없지 않겠소?"

"듣고 보니 그렇긴 하네요."

"믿고 맡길 만한 사람이어야 하니, 미스터 육이 책임지고 소개를 해 주면 더 좋겠소."

뭐, 이 정도 일이야 받은 신세에 비하면 아무것도 아니니 적극 나서서 해 줘도 된다. 문제는 믿고 맡길 만한 성실함을 갖춤과 동시에 어느 정도 수준의 인재라야 한다는 점이다.

이런 게 은근히 까다롭다.

'누가 좋을까?'

이럴 때 주변에 사람이 없는 것이 좀 아쉬웠다.

아니, 많이 아쉽다.

기억 저편에서의 빌빌거렸던 삶은 성격마저 지질하게 만들어 학우를 비롯한 친구들을 일부러 멀리하거나 그들 스스로 떠나게 만들었다. 그랬던 것이 시간을 거슬러 온 지금까지 영향을 미치고 있어 딱히 추천해 줄 만한 사람이 생각나지 않았다.

그래서 이왕이면 다홍치마라고 중학교 시절이나 고등학교 시절로 되돌아왔었다면 보다 더 많은 것을 바꿀 수 있었을 것을 하는 생각도 가끔 들었다. 물론 되지도 않는 욕심이겠지만…….

군대 동기들은 적당치가 않았다. 장지만의 직원들도 자동차만 아는 외골수들이고.

그렇다고 깡패 출신의 애들을 소개해 줄 수도 없는 일이다.

'도원이가 적당한긴 한데…….'

하지만 김도원은 이미 복사골복지재단에 총괄부장으로 영입이 된 상태라 제외다.

'어? 그래, 그 녀석.'

그래도 퍼뜩 생각이 나는 녀석이 있어 담용의 안색이 밝아졌다.

'만박이!'

한데 서울대 재학생으로 아직 학업 중인 아이라 적당치가 않다. 근데 만박이를 생각하니 덩달아 친구라는 놈이 떠올랐다.

바로 만박이와 같은 서울대생이었던 짱돌이다.

무슨 연유인지는 모르나 일본어를 전공하던 짱돌, 즉 안상수가 휴학 중이니 적당하지 싶었다.

그렇게 여기는 이유는 서울대에 입학할 정도면 머리가 제법 돌아갈 것이고, 또 부하나 마찬가지인 녀석이니 설리번에게 책잡힐 일은 하지 않을 것으로 봤다.

더불어 제일 교포 친구인 독빡, 즉 최도출이까지 있어 둘

이서 콤비네이션을 이룰 수 있을 것이니 금상첨화다.

독빽, 아니 최도출은 모친까지 일본에서 모셔 와 취직을 했다.

담용의 주선으로 유흥 주점 주방을 맡았던 경험을 살려 구로동에 있는 성수병원의 주방에서 일하고 있는 중이었다.

잠시 누구를 소개할까 하고 골똘히 생각하던 담용은 마침내 결정을 하고는 입을 열었다.

“흠, 사람을 소개한다는 것이 어려운 일이긴 하지만, 적당한 사람이 있긴 합니다.”

“오! 그렇다면 한시가 급하니 당장 소개시켜 주시오. 오늘이라도 만나 보고 같이 일을 할 수 있게 말이오.”

계약을 끝냈으니 갑자기 할 일이 많아진 탓에 급하긴 할 것이다.

“알겠습니다. 잠시만 기다려 보십시오.”

담용은 그 즉시 휴대폰을 꺼내 짱돌의 번호를 찾아 전화를 걸었다.

금세 응답이 왔다.

–충성! 큰형님.

“상수야, 너 요즘 뭐 하냐?”

–뭐 하긴요? 공부를 가르치고 있죠.

“엉? 누구 공부?”

–에이, 누구긴 누구겠어요? 이번 달 말에 치를 검정고시

응시자들이지요.

"어? 학원에 안 가고 왜 네가 가르쳐?"

—학원에 갔다 온 후에 배우겠다는데 저 같은 쫄따구가 거절할 수가 있어야지요.

"호오, 배우고자 하는 열의가 있는 모양이네."

—히히힛, 전부 큰형님 때문이죠 뭐. 안 그랬다간 맞아 죽을 테니까요.

"흐흐흐, 떨어지면 각오하라고 한 번 더 엄포를 놔!"

—키키킥, 알았슴돠!

"도출이는 뭐 해?"

—그냥 하릴없이 왔다 갔다 해요. 가끔 모친한테 들르는 것 빼고는 거의 같이 있는걸요.

"흠, 너희 두 사람 말이다."

—예?

"취직 안 할래?"

—엑! 취, 취직요?

"그래."

—으아아아! 해요, 해! 지금 같은 어려운 시기에 취직이라니! 큰형님, 당장 하겠습니다!

"좋아, 어디라도 상관없지?"

—그럼요. 그러지 않아도 요즘 하루하루가 죽을 맛이었는데 일을 왜 가리겠어요? 더구나 큰형님이 추천해 주시는 곳

인데, 히히힛!

엄청 반가운 소식이었는지 무척이나 신나 하는 표정이 눈에 훤히 보이는 것 같다.

"대신 조건이 있다."

―말씀하십시오. 도둑질과 죽어라고 하는 것 빼고는 다 들어 드리겠습니다.

"내가 소개해 드리는 분의 말을 내 말처럼 알고 일할 것."

―넵! 당연히 그렇게 할 것입니다!

"다음은 독빡, 아니 최도출이와 같이 일할 것."

―엑! 독빡이도 같이 오라고요?

"그래."

―키히히힛, 그거 잘됐습니다. 빈둥빈둥 놀고 있는 독빡이를 엄니가 엄청 걱정하고 있는 중이었는데…….

"대신 네가 도출이를 잘 가르쳐야 한다."

―걱정 마십시오. 껌딱지처럼 찰싹 붙이고 다니면서 가르치겠습니다!

"좋아. 참고로 너희 두 사람이 다닐 곳은 호주에 본사를 둔 외국계 회사로 주업은 낙농업이다."

―엉? 외, 외국계 회삽니까?

"그래."

―낙농업이면 우유 회산가요?

"응. 왜, 싫어?"

–큰형님도 참…… 싫을 리가 있겠어요? 하지만 저와 도출이가 일본어 외에는 다른 외국어는 자신이 없는데, 어쩌죠?

"그런 걱정은 하지 않아도 되니 안심해. 아, 잠시만 기다려 봐라."

휴대폰의 송화기를 막은 담용이 설리번에게 물었다.

"당장 오라고 할까요?"

"아니오. 다시 생각해 보니 그쪽도 준비가 안 됐을 테니까 일단 내일 오후에 봅시다. 시간은 오후 업무를 비울 테니 아무 때나 와도 좋다고 하시오."

맞는 말이다. 아무리 급하다 해도 실을 바늘허리에 묶고서야 어찌 사용할까.

"어디로 오라고 하죠?"

"여기 5층이 전부 휴게실이니 와서 나를 찾으라고 해요. 아! 그리고 이왕이면 통역할 사람도 구하고 싶소만……."

"아참, 그렇겠군요."

다시 통화를 속개한 담용이 말했다.

"상수야, 도출이와 같이 내일 오후 2시쯤 오크우드 호텔 5층으로 와라."

–강남에 있는 오크우드 호텔요?

"응, 5층에서 마크 설리번이란 분을 찾으면 돼."

–마크 설리번이라……. 히히히, 이름만 듣고도 진짜 외국계 회사란 게 실감이 나네요, 크크큭.

"짜식, 가능하면 정장을 하고 와라."

–땡빚을 내서라도 사서 입고 갈게요.

"옷값은 내가 명 사장에게 말해 놓을 테니까 아예 몇 벌 사 버려!"

–우히히히, 감사합니다.

"공짜가 아니니까 나중에 갚아!"

–당연하죠.

"그리고 혹시 영어가 가능한 친구 없겠냐?"

–에이, 왜 없겠어요? 몇 명이 필요한데요?

"우선은 한 명이면 돼. 그중에 네가 괜찮다 싶은 녀석과 내일 같이 오도록 해."

–알겠습니다.

"이만 끊자."

–감사합니다, 큰형님!

짱돌의 말을 끝으로 통화를 끝낸 담용이 설리번에게 미소를 지어 보였다.

"내일 오후 2시쯤에 올 겁니다."

"영어 구사가 가능한 사람까지 오겠지요?"

"그럼요. 그리고 만나 보고 혹시라도 마음에 들지 않으면 제게 말해 주십시오. 다른 사람을 구해 드리겠습니다."

"성실하고 신뢰만 있으면 되오. 뭐, 웬만하면 그 정도 소양이야 갖추고 있지 않겠소?"

"그렇긴 한데…… 참고로 제가 아는 아우들입니다."

"어, 그래요?"

"예, 잘 부탁드립니다."

"하하핫, 이거 어째 횡재한 기분이 드는군요."

"많이 모자란 애들이니 잘 가르쳐 주십시오."

부탁하는 입장이라 그런지, 어째 말하다 보니 저절로 조금은 저자세가 되어 가는 담용이다.

우우웅, 우우우웅.

"아, 잠시만요."

휴대폰의 진동에 담용이 설리번에게 양해를 구하고는 습관처럼 휴대폰을 꺼냈다.

'엉?'

방금 호주머니에 넣었던 휴대폰에는 아무런 신호가 없었다.

우웅. 우우웅.

그럼에도 계속 울어 댄다.

'아! 이런!'

상의 안주머니에 넣어 뒀던 또 하나의 휴대폰에서 우는 소리임을 그제야 안 담용이 얼른 꺼내서 받았다.

이 휴대폰은 오로지 한 가지 목적에 의해서만 사용되는 것이었다.

"예, 진기명이오."

담용은 설리번이 한국말을 모르기에 자리를 뜨지 않고 전화를 받았다.

–아! 안녕하십니까? 장강식입니다.

일전에 멀대의 소개로 만났던 신사동 사채업자 직원인 장강식이었다.

그 당시 담용은 야쿠자들이 보유하고 있는 자금의 씨를 말리기 위한 일환으로 약간의 변장을 하고 진기명으로 만났었다.

"아, 장강식 씨, 어쩐 일이오?"

–어쩐 일이긴요. 장소와 날짜가 잡혔으니 연락한 거지요.

"어, 참말이오?"

–그렇다니까요.

"호오! 언제 어딥니까?"

–그건 다소 복잡하니 문자로 넣어 주겠소.

"뭐, 그래도 되고……. 혹시 일본 측에서는 어디 어디 투자했는지 아오?"

–세 군데요.

"어디요?"

–모리구치구미에서는 스즈키와 아오키가 출원하기로 했고, 교쿠토 카이에서는 명동에 있는 오카모토 미노루를 앞세워 출원한다고 했소.

"흠, 모두 얼마요?"

—야쿠자 측에서는 200억 엔, 한국 측에서는 전번에 말한 대로 3,000억 원이오.

"대략의 장소는 어디요?"

—용인.

"알았소. 일단 문자부터 보내 주시오. 그다음에 또 대화하기로 하고."

—알았소. 끊겠소.

사랑이 꽃피는 청춘들

오늘은 토요일이다.

TF팀의 팀원들에게 팀장의 권한으로 토, 일요일 양일간 휴가를 주었다. 그동안 고생한 만큼 막대한 수입을 올린 일에 대한 보상이었다.

벌었으면 그만큼 여유를 만끽할 수 있는 시간도 주어져야 능률이 오를 것이라 여긴 담용이 과감하게 질러 버린 덕택이었다.

자연 담용 역시 이틀간 휴가다.

부동산 회사의 특성상 공휴일이나 일요일에도 근무하는 경우가 허다하다 보니 토요일이야 반공일 축에도 끼지 못하는 형편이다. 당연히 격일제 근무는 꿈에서도 그려 보기 어려운 천국의 저편에 있는 용어였다. 그러니 이 얼마나 꿈만 같은 달콤한 휴가인가?

'후우-! 오늘은 많이 늦었네.'

언제나 일과처럼 아침 댓바람부터 성주산을 다녀오는 담용이지만, 오늘은 게으름을 피운 탓에 아침 8시가 넘어서야 집으로 돌아왔다.

그의 뒤로 까만 도베르만 핀셔인 동구와 순성이가 혓바닥을 내민 채 씩씩대며 쫄래쫄래 따르고 있었다. 주인이 부지런하다 보니 개도 따라서 부지런을 떨고 있는 것이다.

덜컹.

철제 대문 가운데 오려내듯 달린 쪽문을 열고 집으로 들어서는 담용의 귀로 난데없이 혜린의 음성이 들려왔다.

"네, 지금 준비하고 있어요."

'엉?'

마당 한쪽에 있는 수돗가에서 혜린이 부지런히 양치질을 하며 동시에 휴대폰으로 통화를 하고 있는 모습이 눈에 잡혔다.

'재가……?'

민소매 티셔츠에다 머릿수건을 한 채 입가에 치약 거품을 문 혜린의 모습이 조금 우스꽝스럽기는 했지만 통화 내용으로 보아 외출 준비를 하는 것으로 여겨졌다.

'약속이 있나 보군.'

"네에? 8시 30분까지 도착한다구요?"

아직 담용이 도착한 걸 모르는 혜린은 여전히 통화에 열중이다.

휴대폰의 시계를 확인하니 8시 10분이 막 지나고 있었다.

"어머머, 큰일이네."

"혜린아, 외출하냐?"

화들짝!

"엄마야!"

느닷없이 들려온 담용의 말에 새된 비명을 지른 혜린이 깜짝 놀란 토끼 눈을 하고는 쳐다보았다.

컹컹. 컹컹컹…….

동구와 순성이가 혜린에게 달려들어서는 반갑다며 혓바닥으로 마구 핥아 댔다.

"오, 오빠……."

"얘는…… 왜 그리 놀라고 그래?"

"으, 으응, 그냥 갑자기 목소리가 들려오기에……."

"원, 싱거운 녀석."

어딘가 모르게 많이 당황해하는 혜린이 이상했지만 그냥 그런가 보다 하고는 지나가듯 말했다.

"지금 8시 10분이 막 지났다. 30분까지 준비하려면 서둘러야 할 거다."

"어머, 정말!"

“그래, 인석아.”

“아이, 이를 어째. 어제 잠을 설쳤더니…….”

“그럴 수도 있지, 뭘 그래? 내가 들어가서 씻을 테니 천천히 해.”

“헤헷, 미안.”

“녀석, 별게 다 미안하다.”

담용은 동구와 순성이를 우리에 가두고는 현관을 열고 집 안으로 들어갔다.

정적이 감도는 집 안은 방금 끓였는지 구수한 된장국 냄새가 그득했다.

‘혜인이와 담민이는 아직 안 일어났나?’

슬쩍 2층으로 시선을 준 담용이 욕실로 향할 때, 혜린의 속삭이는 듯한 통화 소리가 들려왔다.

“저기요, 집으로 오지 말고 마을버스 정류장에서 기다려 주실래요? 거기가 주차하기 편해요.”

‘어? 이 녀석 봐라.’

“아이, 오빠가 들어왔단 말이에요.”

오빠인 담용의 귀가 한층 밝아졌음을 알 턱이 없는 혜린은 다 듣고 있는 줄도 모르고 속삭였다.

‘연애하나?’

퍼뜩 그런 생각이 들자 욕실을 바로 코앞에 두고 걸음을 멈추는 담용이다.

'혹시 그 녀석일까?'

그의 뇌리에 기억 저편에서 약혼자였던 최영호가 떠올랐다.

'그러면 곤란한데…….'

정이 더 무르익기 전에 뜯어말려야만 한다. 가능하면 여동생의 연애사에 끼어들고 싶지 않은 담용이었지만, 이미 미래의 결과를 빤히 아는 터라 주저하고 있을 수만은 없었다.

'그래, 이건 혜린의 프라이버시를 지켜 주는 것과는 차원이 다른 거야.'

잠시 고민하던 담용은 주방으로 난 뒷문을 통해 밖으로 나가더니 훌쩍 담을 뛰어넘었다.

'마을버스 정류장이라고 했지.'

투다다다다…….

혜린이 자신을 찾기 전에 다녀와야 했기에 담용의 질주는 엄청 빨랐다.

일반 버스 정류장 바로 아래에 위치한 마을버스 정류장은 그리 멀지 않았다.

'어디…… 어? 저 찬가?'

깜빡깜빡 비상등을 켠 채 정차해 있는 차는 SUV 차량이었다. 그런데 뽑은 지 며칠 되지 않았는지 임시 번호판을 단 새 차였다.

담용은 트레이닝복에 달린 후드를 덮어쓰고는 천천히 걸

어서 문제의 차량을 지나쳐 갔다.

순간, 무엇을 봤는지 담용의 얼굴이 무척이나 황당해하는 표정으로 변했다.

'뭐야? 도, 도원이 녀석이잖아?'

하마터면 알은척할 뻔했던 담용이 황급히 자리를 벗어났다.

김도원은 뭐가 그리 기분이 좋은지 귀에 리시버를 꼽고는 박자를 맞추느라 머리를 연신 건들거리고 있었다.

'하! 저 자식!'

어이가 없었지만 일단은 최영호란 놈이 아니어서 한시름 놓은 담용이 터덜터덜 걸어서 집으로 돌아왔다.

하지만 걱정거리가 다 가신 건 아니었다.

'휘유우! 그나저나 할아버지께서 어지간히 화가 나신 것 같은데…….'

사실 찾아뵙지 못한 지 좀 오래되긴 했다.

뭐, 그래 봐야 고작 일주일도 안 되지만 조석으로 문안을 드려도 시원찮을 판에 일주일씩이나 낯짝을 들이밀지 않았으니 화가 날 법도 했다.

어제 팀원들과 회식을 한 탓에 귀가가 조금 늦었다. 자지 않고 기다리고 있던 혜인이 그런 담용을 보자마자 대뜸 하는 말.

—큰오빠, 할아버지를 언제 뵈었어요?

—그건 왜 물어?

—할아버지가 엄청 화가 나신 것 같아서 그러죠.

—잉? 화가 나셨다고?

—그럼요.

—뭐, 뭐라고 하셨는데?

—그대로 말해도 돼요?

—그, 그래.

—뭐, 할아버지가 한 말을 그대로 옮기는 거니까 난 죄가 없어요. 알죠?

—알았다니까. 어서 말해 봐.

—에잉, 집안의 큰손주란 놈이 일주일째 낯바대기도 안 비치다니, 불효막심한 녀석 같으니라고. 에이, 에이, 에이. 이랬어요. 그것도 수도 없이 에이, 에이 그랬어요.

—아, 알았다.

—히히힛, 알아서 처신하시길 바라요.

그러곤 자기 일 아니라고 매정하게 제 방으로 들어가 버린 혜인이다.

'에고…… 또 마사지나 지압을 받고 싶어서 그러시는 게지.'

담용은 대번에 곰방대 할아버지의 엄살을 알아차렸지만,

이게 또 풀어 드리려면 여간 신경이 쓰이는 일이 아니었다. 더구나 이번에는 일주일씩이나 문안을 드리지 않아 마사지나 지압 외에도 다른 걸 준비해야 했다.

'끙, 어차피 자금이 필요할 때도 됐으니까.'

빠른 진척을 보이는 공사는 벌써 40퍼센트의 공정을 보이고 있는 중이었다.

아, 이건 정인이 매일 얘기해 주고 있기에 알고 있는 사항이다.

벌컥!

"아하하하, 할아버지! 큰손자 왔습니다아-!"

컨테이너 문짝을 거칠게 열어젖힌 담용이 오랜만에 나타난 멋쩍음을 희석시키기 위해 크게 웃어 대며 먹히지도 않을 재롱(?)을 떨어 댔다.

"케헤헤헴!"

빙글.

담용의 얼굴을 대하자마자 마치 못 볼 것을 봤다는 듯 큰기침을 해 대고는 회전의자를 돌려 등을 보이는 곰방대 할아버지다.

'에구, 애먹겠네.'

곰방대 할아버지의 반응을 본 순간 드는 생각이다.

'에효, 내 이럴 줄 알고 준비해 오길 잘했지.'

그래도 선견지명(?)이 있어 토라진 곰방대 할아버지의 마음을 돌려놓을 비책을 가지고 온 담용이 '이게 웬일이냐?'는 듯 눈만 동그랗게 뜬 채 자신을 쳐다보고 있는 정인에게 윙크를 해 주고는 성큼성큼 걸어갔다.

걸어가면서 좌우에 있는 윤상돈 원장과 윤관수 소장에게도 알은체를 했다.

"케헴, 난 볼일 없으니까 그만 가서 일 봐라."

"에이, 할아버지, 왜 그러세요."

그렇게 말하면서 곰방대 할아버지의 양어깨에 손을 얹어 주무르기 시작했다.

꾸욱. 주물럭. 꾸욱. 주물럭.

"어허! 바쁜 사람이 여긴 웬일인고? 어여 가거라."

"에이, 이래도 자꾸 가라고 하실래요?"

꾸욱. 꾹. 꾸욱. 꾹. 꾹. 꾹.

"끄응, 끅, 일…… 없대두…… 그러는구나."

'히히힛, 이쯤 되면 굳었던 근육이 노글노글해지기 시작하니 조금만 더 해 드리면 화도 풀어지시겠지.'

가끔 해 드리는 마사지 겸 지압이지만 신성한 차크라의 기운이 함유되어 있어 뭉치거나 굳어 버린 근육에는 즉효였다. 고로 한 번 받고 나면 날아갈 듯 기분이 업되는 곰방대 할아버지는 이 시간을 가장 좋아했다.

담용이 바쁜 걸 알면서도 화가 난 척하는 이유가 모두 여기에서 기인했던 것이다.

"헤헤헷, 그냥 좋으면 좋다고 하세요."

"크흐흠, 네 할머니가 허리를 삐끗한 모양이던데…… 어험험험."

'후후훗, 다 풀렸군.'

꾹. 꾸욱. 꾹. 꾸욱.

"어허! 좋구나. 윤 소장."

"예, 이사장님."

"공정이 얼마나 진척됐다고?"

다 알고 있으면서도 하는 말이지만 다분히 의도가 있는 물음임을 모르지 않는 담용이다.

"약 45퍼센트 정돕니다."

그새 또 5퍼센트 공정이 늘었나 보다.

"에고, 돈이 많이 들어가겠구먼."

"그야……."

"아가!"

"네, 할아버지."

'아가'라고 부르는 소리에 정인이 쪼르르 달려왔다.

"네 서방한테 말할 게 있을 텐데 왜 입을 조개처럼 다물고 있누?"

"네?"
"어허! 거 왜…… 자금이 다 떨어졌다문서?"
"네? 그게……."
"담용아."
"예, 할아버지."
"그렇다는구나."
'풋! 뭐가 그렇다는 건지?'
하지만 곰방대 할아버지가 말하고자 하는 골자가 뭔지 모를 리가 없는 담용이라 주머니에서 봉투를 꺼냈다.
"정인 씨, 이거 받아요."
"호호홋, 돈이에요?"
"예, 어느 마음씨 넉넉한 독지가가 좋은 데 쓰라고 주데요."
"호호호, 알았어요. 그분께 잘 쓰겠다고 전해 주세요."
이것도 부창부수라면 부창부수일 것이다.
"그러죠."
"아가, 얼마냐?"
"잠시만요, 할아버지."
봉투를 살짝 연 정인이 수표 다발을 꺼내더니 세어 보고는 말했다.
"우와! 하, 할아버지, 10억짜리 수표가 스무 장이나 돼요."
무려 200억 원이나 되는 금액에 정인의 입이 귀밑까지 찢어졌다.

"헐! 그놈 뉘 집 자식인지 재주도 좋다. 안 그런가, 윤 선생."

"하하핫, 그럼요. 근데 뉘 집 자식이 아니고 뉘 집 손주 아닙니까?"

"거 뭐…… 대충 넘어가지 따지긴 뭔 따지누?"

"하하하핫!"

"원 참…… 에고, 그 정도면 됐으니 이제 그만해라."

"하하핫, 이제 다 풀리셨어요?"

"그랴, 근데 그 많은 돈은 어디서 났누?"

"어디서 나긴요, 벌었지요."

"거…… 재주 한번 좋은 걸 가지고 태어났구나. 이상 없겠지?"

곰방대 할아버지로서는 당연히 짚고 넘어가야 할 말이기에 묻는 것이다.

"그럼요."

자금이야 이상이 없다. 이 돈은 바로 영월의 청령포에 빠뜨려 뒀던 금괴를 고상도 회장이 처분해서 마련한 것이기 때문이다.

"아가, 오늘은 토요일이다. 혹시 모르니 수표 번호를 적어서 내게 다오."

"네, 할아버지."

"글고 아가 너는 이만 퇴근하도록 해라."

"할아버지, 저 아직 할 일이 많아요."

"됐다. 너를 퇴근시키지 않았다간 저 무심한 넘이 거죽만 남은 이 할애비의 살점을 다 발라 먹으려고 할 게다. 그러니 어여 가거라."

"호호홋. 할아버지도 참……."

곰방대 할아버지의 퇴근하라는 말이 반가웠던지 정인이 자신의 자리로 가더니 책상을 정리하기 시작했다.

"정인 씨, 김 본부장은 안 보이네요."

"오늘이 격일제로 쉬는 토요일이라 안 나오셨어요."

"아, 네……."

'후훗, 짜식.'

분명히 혜린이랑 데이트를 하고 있을 것이다. 그것도 새 차까지 뽑아서 말이다.

원래는 진즉에 새 차량을 뽑았어야 할 김도원이었지만 친구에게 속아 돈을 몽땅 털리는 통에 담용이 찾아 준 돈으로 최근에야 구입하게 된 터였다.

"담용 씨, 저 퇴근 준비 다 했어요."

"어? 가, 갑시다."

"할아버지, 저 갈게요."

"저도요, 할아버지."

"오냐. 가거들랑 증손주나 만들어 오니라."

"어머!"
후다다닥.
곰방대 할아버지의 농에 대번 목덜미까지 빨개진 정인이 부끄러웠던지 황급히 뛰쳐나갔다.
"에이, 하, 할아버지도 참……."
"인석아, 이 할애비가 못할 말을 했냐?"
"그래도요."
"흐이구, 못난 넘. 이넘아, 그저 여자란 하루라도 빨리 꽉 찍어 눌러 놔야…… 에잉, 어여 가거라."
말을 하다 말고 손을 훼훼 젓는 곰방대 할아버지다.
그러면서 또 한마디 해 댄다.
"누구는 혼수로 얼라를 맹글어 온다고 하더구먼…… 케헴."
대책 없는 곰방대 할아버지의 말을 못 들은 척한 담용이 또 무슨 말이 튀어나올까 싶어 대뜸 큰 소리로 인사를 했다.
"저 갑니다. 수고들 하십시오-!"

명동의 어느 보석 가게 안.
"정인 씨, 이리로 와 봐요."
한참 동안 서성거리기만 하던 담용이 한 진열장 안에 있는 커플 반지를 발견하고는 반대편에서 구경하고 있는 정인을 불렀다.

"마음에 드는 것이 있어요?"

"정인 씨는요?"

"호홋, 전부 다 마음에 드는 것 같아서 고르질 못하겠어요."

"하핫, 메뉴가 너무 많은 탓이에요."

정인의 마음을 이해한다는 듯 슬쩍 웃어 보인 담용이 진열장 한가운데에 있는 커플링을 가리켰다.

"그럼 저건 어때요?"

"어머어-! 너무 예뻐요."

담용의 손가락을 따라 본 반지를 발견하자마자 정인이 탄성을 내지르더니 눈이 반짝반짝해졌다.

그런데 케이스 안에 하나가 아닌 세 개의 반지가 나란히 세워져 있어 언뜻 봐도 값이 꽤 나갈 것 같았다.

고가의 보석답게 화이트, 다이아몬드, 블랙 순의 조합이 꽤나 잘 어울렸다.

남자인 담용이 그럴진대 여자인 정인이야 두말할 것도 없었다.

정인 역시 라운딩이 된 디자인이 독특한 것이, 깔끔한 이미지가 그녀로 하여금 절로 순결한 마음이 들게 만드는 반지처럼 느껴졌다.

"마음에 들어요?"

"네, 근데 가격이……?"

내심 비쌀 것 같은 예감이 들었는지 정인이 머리를 바짝 숙여 가격표를 살피더니 이내 기겁을 하고는 고개를 돌렸다.

"담용 씨, 너, 너무 비싸요."

담용은 이미 뛰어난 시력으로 가격표를 본 후여서 말투가 덤덤했다.

"좀 비싼 편이긴 하지만 제 마음에도 쏙 드네요. 그냥 저걸로 하는 게 어때요?"

그때 두 사람이 잠시 실랑이를 하는 걸 보고 종업원이 다가왔다.

처음 들어섰을 때 잠시 인사를 한 외에 내내 신경을 쓰지 않던 종업원이었다. 아마도 담용과 정인의 간편한 옷차림을 보고는 그리 비싼 물건을 택하지 않을 것이라 생각했나 보다.

청춘 남녀가 대부분 선호하는 커플링이라야 기껏 거기서 거기다 보니 밀착해서 안내하지 않은 것이다.

하기야 보통의 주얼리 가게와는 차별되는 전문 보석 매장이긴 했다.

제법 크다 싶은 넓은 매장이었고, 꽤 장사가 잘되는지 적지 않은 사람들이 방문해 보석을 고르고 있는 중이었다.

그런데 두 사람이 고가의 반지 앞에서 서성거리자 종업원이 재빨리 다가온 것이다.

“손님, 고르셨습니까?”

“예. 저걸 좀 보여 주시겠습니까?”

“아! 까르띠에 제품을 고르신 걸 보니 안목이 대단하신 것 같네요.”

비전문가인 담용이 안목이 있을 리가 없다. 그냥 보기에 좋은 것 같아서 골라 본 것이지.

근데 반지에도 메이커가 있는 줄은 몰랐다.

대부분 세공업자들이 자신만의 독특한 디자인을 창작해 시장에 내놓는 줄만 알았던 담용이었다.

기억 저편의 생에서 척박하고도 팍팍한 삶을 살았던 담용이 금은붙이이나 그보다 더 값비싼 보석과 인연이 있을 리가 없다. 하물며 여자 손목도 잡아 보지 못했던 노총각이었음에랴.

“까르띠에? 메이커인가요?”

“하하하, 그럼요. 세계적으로도 널리 알려져 있는 일류 메이커로 프랑스 제품이지요.”

“저야 잘은 모르지만 이탈리아의 블가리 반지도 유명하지 않나요?”

요건 상식 정도로 들어서 알고 있는 거지 사기는커녕 구경해 본 적도 없는 담용이다.

“맞습니다. 제각기 특징이 있지만 쌍벽을 이룬다고 봐야지요. 블가리 제품은 저쪽 칸에 있습니다. 한번 보시겠습니까?"

"아, 이것부터 보고요."

종업원의 권유를 가볍게 사양한 담용이 커플링을 꺼내 보지도 않고 구경만 하고 있는 정인에게 물었다.

"어때요?"

"가격이 너무 비싸요."

정인이 담용의 귀에 속삭이며 가격을 알려 주었다.

"커플링 하나 가격이 1,980만 원이라구요."

"그래요?"

알고 있었지만 일부러 조금 놀란 표정을 지어 보이고는 종업원에게 말했다.

"좀 보여 줄 수 있겠습니까?"

"그럼요."

종업원이 커플링을 올려놓자 가격표부터 담용에게 내보이는 정인이다.

₩19,800,000

'헐-! 무슨 커플 반지가 이토록 비싸냐!'

실제 대하고 보니 일별했을 때보다 비싸다는 실감이 났다.

담용이 속으로 은근히 놀라고 있을 때 종업원이 말했다.

"트리니티 블랙 앤 화이트 링이라고 합니다. 아시겠지만 트리니티란 말 자체가 세 개가 한 조로 이루어진 것을 말하죠. 그래서 반지가 세 개인 겁니다. 즉, 하얀색과 검은색 그리고 다이아몬드가 환상적으로 어우러진 명품이라 할 수 있는 주얼리지요.”

종업원의 말처럼 화이트와 블랙을 좌우에 두고 중앙에 작은 다이아몬드가 촘촘히 박힌 반지가 하나 더 있는 구조였다.

스윽.

“숙녀분께서 한번 껴 보시지요?”

종업원이 화이트를 하나 빼 들더니 정인에게 건넸다.

정인이 끼어 보니 거짓말처럼 딱 맞다. 그리고 마음에 쏙 드는지 박꽃같이 웃어 보이는 정인의 얼굴이 그렇게 예쁠 수가 없다.

“잘 맞아요?”

“네.”

“손이 예쁘니까 더 잘 어울리는 것 같습니다. 선생님도 한번 끼어 보시죠.”

“줘 보세요.”

“여기…….”

참, 구입하라는 신의 계시인지 정말 딱 맞는 것이, 이대로 끼어도 될 것 같았다.

“두 분 모두 세 개를 다 끼고 다녀도 좋지만, 그날의 기분에 따라 하나씩 끼고 다녀도 무방합니다. 까르티에 제품은 간결하고 세련된 디자인이라 세월이 흘러도 변하지 않는 품위를 유지하는 것이 특징이지요. 그리고 여기 라운딩이 된 겉면에 조그맣게 'cartier'라는 로고가 찍혀 있지요? 이 로고가 세계 어디를 가더라도 그 반지가 명품임을 입증해 줄 것입니다."

종업원의 설명대로 'cartier'란 글자가 날아갈 듯한 필체로 조그맣게 각인되어 있었다. 바로 누구라도 보는 순간 이 반지가 까르띠에 제품임을 쉽게 알 수 있도록 한 시각적 효과다.

솔직히 명품이라서 그런지 몰라도 멋있어 보이긴 했다. 고로 관심이 있다 보니 질문도 많아졌다.

"보석의 종류는 뭡니까?"

"아, 그 말을 빠뜨렸군요. 화이트는 화이트 골드고요 블랙은 블랙 세라믹입니다. 그리고 보시는 바와 같이 이건 다이아몬드인데 숫자가 모두 129개로 세팅되어 있지요."

'흠, 그래도 너무 비싸군.'

메이커값과 특별소비세를 감안하더라도 담용은 조금 따져볼 필요가 있다고 느꼈다.

화이트 골드는 그 자체로도 값어치가 있으니 셋 중 가장 안심되며 문제가 되지 않는다.

다이아몬드는 너무 자잘해서 개별로 치면 돈도 안 되는 것들이다. 하지만 이렇게 작품으로 만들어 놓으면 또 다른 가치를 창출할 수 있으니 이해가 간다.

한데 문제는 블랙 세라믹이란 금속의 정체가 모호하다는 점이었다.

기실 뭇사람들은 대부분 보석에 대해 잘 아는 바가 없기에 대충 들어 보고 구입하는 우를 범하는 경우가 많다. 원석보다 가공에 의해 가격이 좌우되는 경향이 짙기에 거품이 가장 많다고 할 수 있음에도 불구하고 말만 들어 보고 그럴듯하다 싶으면 그냥 질러 버리는 것이다.

뭐, 지를 만하니까 지르겠지만…….

특히 여자와 같이 온 경우는 100퍼센트 바가지를 씌운다. 왜냐면 남자가 여자 앞에서 쩨쩨하게 굴 수 없어 허세를 부리기를 마련이니까.

담용은 그런 우를 범하지 않기 위해서라도 정인이 앞에서도 허세를 부리지 않았고, 또 세 가지 중 블랙 세라믹 반지를 유심히 살펴보았다.

'역시 이게 문제야.'

만약 되판다고 가정하면 똥값일 것이 분명한 탄소 덩어리다. 고로 이윤을 남기는 포인트가 블랙 세라믹 반지에 거의 몰려 있을 것 같은 예감에 입을 뗐다.

"블랙 세라믹의 소재가 뭡니까?"

세라믹이란 자체가 소재라는 뜻을 함유하고 있어 질문이 좀 이상하지만, 달리 표현할 길도 없고 또 고유명사화가 되어 있는 것 같아서 그렇게 물을 수밖에 없었다.

"아, 특수 소재입니다. 송곳으로 긁어도 흠집이 나지 않는 뉴세라믹이라고 보면 됩니다."

그렇게 말하면서도 실제로 긁어 보이지는 못했다. 만약 그랬다가 흠이라도 나면 뒷감당하기가 힘들 것이다.

"에…… 이를테면……."

담용의 질문에 대답하던 종업원이 한쪽으로 가더니 시계 한 쌍이 든 케이스를 가져와 내보였다.

"반지가 작아서 잘 모르시겠다면 이 시계를 보시면 보다 확실하게 실감하실 수 있을 겁니다."

케이스에서 꺼내 펼쳐 보이자 마치 은은한 광택을 발산하는 까만 팔찌를 연상케 하는 사각 시계다.

시계의 테두리를 비롯해 테까지 블랙 세라믹으로 구성된 조합이라 묵직해 보이면서도 세련된 디자인을 갖추고 있었다.

그리고 오히려 초침이 없이 시침과 분침만 있는 정통적인 형태라 더 고급스러워 보였다.

혹시라도 훗날 휴대폰이 대세가 되는 시기가 도래해 시계를 차고 다니는 일이 드물더라도 소장 가치는 충분히 있을 것 같았다.

담용이 확인 차원에서 물었다.

"테까지 블랙 세라믹인가요?"

"그렇습니다. 혹시 오해가 있을지 몰라 말씀드리는데요. 우리가 흔히 보는 블랙 오닉스는 절대 아니라는 겁니다."

"블랙 오닉스와는 좀 달라 보이긴 하네요."

아무리 보석에 대해 문외한이라고 해도 경주 남석처럼 흔한 블랙 오닉스 정도는 상식으로 알고 있는 담용이다.

"사실 소재야 탄소 덩어리일지는 몰라도 그걸 이렇게 가공했다는 사실 자체만으로 그 기술력을 인정하지 않을 수 없지요."

기술력이 곧 값어치의 척도라는 얘기다.

"흠, 그런 기술력이 이런 보석과 어울렸을 때 빛을 발할 수도 있다는 점에 착안한 것도 하나의 아이디어일 테지요?"

담용은 그 다음이 메이커값이 포함됐을 것이라는 말을 하려다가 그냥 참았다. 이왕지사 구입할 것이라면 너무 따져도 모양새가 안 좋다고 여긴 때문이다.

"어? 아…… 하하하. 대단한 안목입니다. 이거…… 그냥 하는 말이 아닙니다. 단 한 번도 고객에게서 그런 말을 들어본 적이 없어서요. 뭐, 꼭 구입하시라고 드리는 말씀도 아닙니다."

"아, 저도 따지려고 물어본 게 아닙니다. 그저 구입하더라도 소재가 뭔지는 알아야 될 것 같아서요."

"하하핫, 당연한 말씀입니다."

"이 시계는 얼마죠?"

"여기……."

종업원이 뒤집어진 가격표를 바로 펴 보였다.

₩6,000,000

'젠장, 하나같이 비싸군.'

아, 물론 한 쌍이 아니라 한 개 값이다.

"사실은 반지와 시계는 까르띠에가 최근에 야심 차게 내놓은 신상품으로 세트 제품입니다."

"그렇게 보이네요."

담용이 그저 옆에서 묵묵히 지켜보고 있는 정인의 어깨를 감싸며 물었다.

"정인 씨, 전 시계도 마음에 드는데, 아예 세트로 구입하는 건 어때요?"

"하, 하지만 커플링치고는 비용이 너무……."

토닥토닥.

이런 경우엔 남자가 주도적으로 나가는 것이 훨씬 효과적이다.

"하하핫, 정인 씨 옆에 서 있는 남자가 그렇게 미덥지 않습니까?"

"호호홋, 웬걸요, 오히려 너무 듬직해서 탈이죠."

말로만이 아니라 정인의 솔직한 마음이다.

적어도 정인에게만큼은 그 어디에도 이만한 남자가 없었다.

건강하지, 묵직하지, 평판 좋지, 돈 잘 벌지, 비전 있지 또 자신과 가족에게만큼은 싹싹하고 가정적이지.

이보다 더 얼마나 바랄까?

그리고 정인은 아직 모르고 있지만 정계(권영진 의원), 재계(세 노인네), 관계(국정원)의 사람들을 알게 되는 날에는 아마 '인맥도 좋지'란 말도 끼워 넣게 될 것이다.

한 가지 바람이 있다면 좀 더 자주 만나 오늘같이 데이트를 하는 날이 많았으면 하는 소박한 마음 정도다. 그런데 이 남자는 무심한 것은 아닌데 그게 잘 안 되는 모양이다.

"제가 보기엔 정인 씨도 마음에 드는 눈치니 제 말대로 해요."

"네에."

값은 좀, 아니 무지 비쌌지만 싫을 리가 없는 정인이다. 아니, 오히려 결혼도 하기 전에 1,000만 원이 훌쩍 넘는 커플링을 끼고 커플 시계까지 차고 다니는 연인이 과연 몇이나 있을까 생각하면 행복하기만 했다.

정인은 '돈이 있어서 편한 것이 이런 기분 때문인가?' 하는 생각이 들었다.

아버지가 사업을 하고 있는 덕택에 돈에 구애를 받은 적은 별로 없었지만 그렇다고 넘쳤던 적도 없었던 탓에 생기는 생경함이었다.

지금 당장 집으로 달려가서 엄마에게 자랑하며 으스대고

싶은 마음이 굴뚝같았다.

"하하핫, 돈을 더 많이 벌게 되면 결혼식 때 더 좋은 걸로 해 줄 수 있을 겁니다."

"전 이걸로도 충분히 만족한걸요."

"그러면 그때 가서 다시 상황을 보기로 해요."

"손님, 이걸로 하시겠습니까?"

"아, 예. 시계까지 부탁합니다."

"시, 시계까지요?"

종업원의 눈이 있는 대로 커지더니 급기야는 툭 튀어나올 정도로 놀란 표정으로 변했다.

그도 그럴 것이 처음에 들어섰을 때 간단한 손님맞이 인사 외에는 옷차림만 보고 데면데면 대했던 손님들이었다.

기실 담용과 정인의 옷차림에 특별히 흠이 있는 것은 아니었다. 그저 젊은 연인의 편한 데이트를 위한 수수한 옷차림일 뿐이었다.

그러니 부모를 대동하지 않은 탓에 혼수 예물의 대상이 아니라 여긴 종업원이 그만 홀대 아닌 홀대를 해 버린 것이다.

기실 부모를 대동하고 오는 커플들이 진짜 손님이긴 했다. 돈이란 놈이 그런 부류의 고객 주머니에서 나오기 마련이기 때문이다.

한데 혼수 예물도 아니고 달랑 커플링일 뿐인 반지에 거금을 쓰다니!

더불어 시계까지.

“탁월한 선택이십니다. 잠시만 기다려 주십시오.”

오늘 제대로 매출을 올렸다고 생각한 종업원이 입가에 미소를 머금은 채 계산기를 두드려 댔다.

그리고 이어지는 말.

“커플링이 3,960만 원이고 시계가 1,200만 원이니 모두 합해서 5,160만 원 되겠습니다.”

‘푸헐-!’

입이 떡 벌어지는 가격에 담용이 사겠다고 해 놓고도 놀랐다.

“결제는 어떻게……?”

“기분 좋게 구입하면 좋겠지만…….”

“예?”

“아, 카드가 아닌 현찰로 산다면 얼마나 깎아 줄 수 있느냐고 묻는 거요.”

“아아. 예. 자, 잠시만요.”

종업원이라 결정권이 없는지 잠시 자리를 비우더니 누군가를 데려왔다.

“손님, 제가 지배인입니다. 여기 제 명함…….”

“아, 예.”

보석상 지배인의 명함이 무슨 필요가 있을까만 일단 받아두었다.

"현찰로 결제하시겠다고요?"

"그렇습니다."

"그러시다면 총액의 2퍼센트를 깎아 드릴 수 있습니다."

"2퍼센트면 얼마죠?"

"보자……."

토토토토톡.

지배인이 계산기를 직접 두드려 대더니 말했다.

"1,032,000원이 나오네요."

"우수리가 안 떨어지네요."

160만 원을 떨궜으면 했던 담용이라 아쉬운 면이 없지 않았다.

'분명 부가가치세가 있을 텐데 말을 않는군.'

아마도 현찰 거래라 그럴 것이다.

자료가 남는 신용카드였으면 10퍼센트나 되는 부가가치세부터 말했을 터였다.

그런데 담용도 개인이라 부가가치세를 내라면 부담이 됐기에 현찰 거래를 하며 가격까지 깎은 것이다.

부가가치세는 원래 간접세로서 최종 소비자에게 거래 단계에서부터 붙어 온 세금을 모두 전가시키는 구조다. 따라서 소비자는 최종적으로 부가세를 모두 부담해야 하며 환급을 받을 수가 없다. 부가세를 전가시킬 수 있는 사업자라면 몰라도.

쉽게 요약하자면 장사하는 사람, 즉 일반 과세자로서 사업자 등록이 된 자가 아니라면 부가세 환급이 없다는 것이다.

그뿐인가, 연말정산 시 공제 항목으로도 해당이 되지 않는다.

어쨌든 슬슬 눈치를 보던 지배인이 웃는 것으로 자칫 예민해질 부분을 희석시켜 버렸다.

"하하하, 저희도 적정 마진이란 게 있어서 말입니다."

"그렇겠지요."

'누가 뭐랬나?'

담용도 더 따지지 않았다.

"메모지와 필기구를 좀 주시겠어요?"

"예, 여기……."

종업원이 내미는 메모지와 볼펜을 받은 담용이 뭔가를 적었다.

Declarations of undying love. Yuk, Lee.

"지배인님, 반지와 시계에 이렇게 새겨 줄 수 있습니까?"

"……?"

지배인이 문구를 살펴보더니 조금은 난감해하는 표정을 자아냈다.

"이거, 시계는 몰라도 반지에 새기기에는 너무 길 것 같은데요?"

"아, 그래요? 그렇다면 이걸 지우면 어때요?"

쓰으윽.

Declarations of ~~undying~~ love. Yuk, Lee.

"이 정도라면 새길 수 있겠습니다."

"그럼 당장 해 주시지요."

"당장 말입니까?"

"그게 어렵다면 그냥 가고요."

"아, 아닙니다. 그런데 쉽지 않은 작업이라 30분 정도는 기다리셔야 할 겁니다."

"기다리지요."

"저…… 죄송하지만 글자를 각인하게 되면 손님밖에는 끼지 못하기 때문에 돈을 미리 지불을 해 줬으면 합니다만……."

"아, 그렇겠군요."

담용은 두말하지 않고 지갑을 열더니 수표를 한 장씩 꺼내 놓았다.

1,000만 원짜리 수표 네 장에 100만 원짜리 수표 열두 장이다.

수표를 나란히 펼쳐 놓은 담용이 볼펜을 집어 들며 말했다.

“배서를 해 드려야겠지요?”

“하하하, 그래 주시면 감사하지요.”

담용이 보란 듯이 주민등록증을 내놓고 배서를 하는 모습을 보던 지배인이 주문한 것을 챙기더니 종업원에게 말했다.

“미스터 정, 작업실로 가져가 내 말이라고 전하면서 정성을 다해 새겨 달라고 하게나.”

“알겠습니다.”

“그리고 사은품이란 사은품은 모조리 챙겨서 가져오게.”

“예.”

주문한 물건을 종업원에게 들려서 보낸 지배인이 물었다.

“근데 쪽지에 쓴 문구의 뜻이 뭔지 알려 줄 수 있습니까?”

“아! 사랑의 서약이란 뜻입니다. 뒤에 글자는 나와 아내가 될 사람의 성이고요.”

“오오! 사랑의 서약이라…… 정말 멋진 분이시군요.”

장삿속인지는 몰라도 지배인이 탄성을 발하며 담용에게 엄지손가락을 추켜세웠다.

Binder Book

정인, 트라우마를 씻다

"안녕히 가십시오-!"

"또 방문해 주시기 바랍니다!"

담용과 정인의 뒤로 지배인과 종업원의 우렁찬 배웅 인사가 차례로 들려왔다.

그런 담용과 정인의 손에는 종이 백들이 주렁주렁 들려 있었다. 지배인이 사은품이란 사은품을 다 모아 준 탓이었다.

살림이 모자랄 리가 없는 담용이 거절하지 않고 받아 온 이유는 다른 데 있지 않다. 내용물이 뭔지는 몰라도 두 사람이 사용해도 되었고, 또 어디든 필요한 사람이 있을 것 같아서다.

"아휴! 무겁지는 않은데 가짓수가 많아 너무 번거롭네요."

"그러게요. 일단 차에 갖다 두고 옵시다."
"그렇게 해요."
"이쪽으로 와요."
"네에-!"
담용의 곁으로 정인이 바짝 따라붙었다.
"정인 씨."
"네?"
"제가 좀 재미없는 사람이지요?"
"그렇지 않아요. 전 담용 씨가 듬직하고 좋기만 한걸요."
"정말요?"
"그럼요. 전 진심으로 말하고 있다구요."
"알아요."
"근데 그런 말은 왜 하세요?"
"사실 요즘 젊은이들은 연인에게 사랑을 고백하거나 프로포즈를 할 때 아이디어가 톡톡 튀는 이벤트를 많이 하잖아요?"
"저도 가끔 보는데 기발한 이벤트가 많더라구요. 근데 그게 왜요?"
"비교되는 것 같아서요."
"어머머! 그런 비교는 왜 하세요? 각자 개성이 있는 건데……."
"그래도 제가 나이가 많지 않음에도 불구하고 그런 방면에는 재주가 메주라 정인 씨가 저를 재미없는 사람이라 생각할 것 같아…….”

“생각할 것 같아…… 다음 말은 뭐죠?”

“마음이 많이 쓰인다고요.”

“호호홋, 난 또……. 괜찮아요. 마음 쓰지 말아요. 전 이미 담용 씨 마음을 알고 있으니까요. 그리고 이거…….”

정인이 손가락에 낀 커플링을 내보이며 말했다.

“분에 넘치는 선물로 프로포즈하셨잖아요? 게다가 사랑의 서약이란 문구가 저를 얼마나 깜짝 놀라게 했다고요?”

“어? 그랬어요?”

“그럼요. 옆에 사람만 없었으면 감사의 키스를 해 드렸을 거예요.”

“에? 저, 정말요?”

“……네.”

“아, 아쉽다. 아무도 없는 곳에서 살짝 줄걸.”

“아이, 이미 기차는 떠났으니 미련을 갖지 말아요.”

“그거 외상 안 돼요?”

“기차 떠났다니까요.”

“기차야 다음 정거장에서 멈추기 마련이니까 그때…….”

“호호홋, 이 기차는 목적지까지 논스톱이랍니다.”

“잉? 그 목적지가 어딘데요?”

“아이, 다 알면서…….”

'풋! 결혼 때까지겠지.'

담용은 짐작을 하면서도 말 잇기 놀이를 하는 것처럼 운을 다시 뗐다.

"가불이란 것도 있잖아요?"

"습관이 되면 대책이 없는 게 가불이란 걸 몰라요?"

"칫! 이것도 안 된다, 저것도 안 된다. 그럼 다른 방법은요?"

"아마 없을걸요."

"저기 도둑질은요?"

"그건 흉입니다요."

"에이, 그러다가 콧등 날아가겠어요."

"어머! 콧등이 날아가요?"

"그럼요. 예쁜 코가 날아가 버리면 어떡해요?"

"호호호홋."

"하하하핫."

그렇게 두 사람은 서로가 만난 후 처음으로 시시덕거리며 걷다 보니 어느 결에 사거리까지 나왔다.

"정인 씨, 이쪽으로."

담용이 정인의 손을 잡고 혼잡한 사거리를 지나 오른쪽 모퉁이로 돌아 나가려 할 때였다.

"여어, 이게 누구야?"

"……?"

갑자기 어디서 날아가는 듯한 경박한 목소리가 지척에서 들려오는 것에 담용의 고개가 홱 돌았다.

“정인이? 이정인, 맞지?”

“…… .”

대뜸 정인의 이름을 반복해서 부르며 확인하려는 사내가 바로 코앞까지 다가와 있었다.

사내의 뒤로 동행인인지 젊은 여자가 껌을 쫙쫙 씹어 대며 따르고 있었다. 그런데 금방 쥐를 잡아먹고 온 듯 입술이 새빨간 것이 여간 도발적이지가 않다.

‘엉?’

어찌 된 일인지 방금까지 밝았던 정인의 모습은 온데간데 없어지고 주춤주춤 담용의 뒤로 몸을 숨기는 것이 아닌가?

이게 대체 무슨 일?

“에그…… 아직도 촌발이 회오리를 치고 있구먼그래. 옷차림이 그게 뭐냐? 촌닭같이.”

빠직!

정인의 아래위를 훑으며 입성을 가지고 놀리듯 말하는 사내의 태도에 담용의 목에 대번 핏대가 섰다.

껄렁한 사내의 목소리만 듣고도 누군지 아는지 담용의 등 뒤로 숨은 정인은 얼굴도 들지 못하고 있었다.

‘대체 무슨 일이기에…… 어?’

급기야 숨결까지 빠르게 가빠지는 정인을 본 담용이 귀를 기울여 보았다.

쿵쿵쿵쿵…….

급박하게 찧어 대는 심장박동 소리.

'이런 씨불 넘이!'

모두가 난데없이 튀어나온 껄렁한 새끼 때문이라는 것을 안 담용은 대번 화가 치밀었다.

'트라우마trauma!'

담용은 내심 크게 놀랐다.

심장이 터질 듯이 쿵쾅거리고 오들오들 떨어 대기까지 하는 것으로 보아 심한 트라우마 증상 같다.

'이런 나까지 다 떨리는군.'

마치 고양이를 만난 쥐 새끼처럼 벌벌 떨어 대는 가련한 모습을 상상하면 맞을 것이다.

'저자가 대체 누구기에…….'

분노가 이는 가운데서도 상대가 누군지 궁금했다.

아니, 마음이 바뀌었다. 이제는 상대가 누군지는 전혀 상관하고 싶지 않았다. 이유는 사내가 담용의 역린을 제대로 건드려 버린 때문이었다.

꾸우욱.

담용의 주먹에 힘줄이 돋아날 때 사내가 지척에 다가왔다.

"어이, 오랜만에 만났는데 왜 숨고 지랄이야?"

입이 쓰레기통인지 말도 생긴 대로 지랄 맞게도 한다.

아무튼 사내의 도발에도 담용은 숨을 한 번 크게 내쉬는 것으로 화를 삭이고는 정인에게 물었다.

"정인 씨, 누굽니까?"

"……."

그저 바르르 떨기만 했지 정인의 입에서는 아무런 말도 나오지 않았다.

'트라우마!'

다시 한 번 느끼는 거지만 분명 정신적 외상이라고 불리는 트라우마 현상이 확실했다.

어마어마한 충격을 받았지만 종내 회복되지 못하고 그 사람 인격의 일부가 되어 버리는 현상이 바로 트라우마다.

이건 원인이 되는 사건의 본질이나 정체가 낱낱이 파헤쳐져 피해자가 별것 아니라는 완전한 인식을 갖거나 혹은 사람에 의해서 생긴 것이라면 상대가 눈앞에서 사라지거나 또는 피폐해지는 모습을 봐야만 비로소 안정이 되는 정신병의 일종이다.

'이 자식을 그냥!'

담용이 한주먹거리도 안 될 사내를 어찌할까 잠시 고민하는 사이 녀석이 또 도발을 해 왔다.

"이봐, 우리 한때 좋았잖아? 새삼스럽게 왜 그래? 잠시 얼굴 좀 보자는데 왜 빼고 지랄이야?"

사내는 눈앞의 담용은 아예 보이지도 않는지 정인에게로

다가갔다.

'나 원…….'

가까이 다가온 모습을 보니 이런 날라리도 없었다. 아무리 거지 패션이 유행이라지만 상하의가 죄다 찢어져 보일 것 안 보일 것 다 보여 주고 있는 옷차림이다.

끼리끼리 모인다는 말처럼 여자 역시 아무리 더워도 그렇지 과한 핫팬츠를 입은 모습이다.

결코 정상적으로 보이지 않는 두 남녀.

그 입성대로 하는 짓거리도 꼭 경우 없는 양아치다.

사내의 목소리가 워낙 컸던 탓에 무슨 일인가 싶었던 행인들의 시선이 하나둘 모이기 시작했다.

"오호! 그러고 보니 내가 안 보는 새에 놈씨 하나를 꿰찼구먼그래."

"이봐, 말조심하지그래?"

"얼라? 네놈도 사내라고 저 싸가지없는 년 앞에서 가오 세우는 거냐? 하! 나 참 가소로워서 원……."

'뭐라? 싸가지 없는 년? 오냐, 아주 무덤을 파는구나.'

시궁창 같은 입에서 나오는 험담에 더는 봐줄 수 없었던 담용은 차크라의 기운을 인당혈에 집중시켰다.

그리고 정상적인 사람에게는 절대 사용하는 일이 없었던 염동포를 쓰기로 작심했다.

격투로 혼을 내주기에는 보는 눈이 너무 많은 장소였고,

혹여 사내에게 탈이라도 생긴다면 경찰서를 오가야 할지도 몰랐다.

분명히 정인을 통해서 추적해 올 테니까.

담용은 막 멱살을 잡아 오는 사내를 향해 눈을 껌뻑했다.

"어?"

찰나, 멱살을 잡아 오던 사내가 갑자기 발에 뭐가 걸렸는지 '턱!' 소리가 나면서 몸이 앞으로 기우뚱했다.

이어서 몸의 중심을 잡지 못한 사내가 기어코 앞으로 고꾸라지는 것이 아닌가?

담용은 행여나 사내의 몸이 자신에게 닿을까 싶어 정인을 부축해 재빨리 뒤로 물러났다.

그러는 사이 사내의 입에서 '악!' 하는 비명이 터져 나오더니 '철퍼덕!' 소리를 내며 엎어졌다.

그 순간 담용의 눈이 또 한 번 껌뻑했다.

뚜둑!

어딘가 부러지는 소리가 들렸지만 아무도 듣지 못했다. 오로지 귀가 밝은 담용의 귀에만 들리는 것으로 사내의 무릎에 금이 가는 소리다.

"악!"

고꾸라져 뒹굴던 사내가 느닷없이 외마디 비명을 지르더니 무릎을 움켜쥐었다.

"크아아아악-!"

급기야 외마디 비명이었던 것이 긴 비명으로 화해 터져 나왔다.

갑작스럽게 터져 나온 비명에 시선이 쏠렸던 행인들도 마구잡이로 바닥을 뒹굴기 시작하는 사내를 보고는 당황하기 시작했다.

웅성웅성.

"자, 자기야, 왜 그래?"

동행이었던 여자가 다급하게 쪼그려 앉으며 걱정스레 물었지만 사내는 막무가내로 악악 비명을 질러 대며 무릎에 이어 이번에는 팔꿈치를 안고는 뒹굴었다.

당연히 담용이 팔꿈치에도 금이 가게 한 것이다.

'흥, 이번에는 배다, 이놈아.'

담용이 사내의 복부로 시선을 주면서 이미지를 전했다.

'비틀기.'

"허어어억!"

별안간 입을 떡 벌린 사내가 벌떡 일어서더니 이내 복부를 잡고 몸부림을 치기 시작했다.

"아아악! 배! 내 배-! 아아악! 살려 줘-!"

'흥! 어림도 없다.'

담용은 쉽게 용서해 줄 생각이 전혀 없었다. 이유는 당연히 정인에게 새겨진 트라우마를 치유해야 했기 때문이다.

정인이 트라우마를 갖게 한 제공자의 처참한 모습을 봐야만 악몽에서 벗어날 수 있기 때문이다.

'흥, 돈이 있는 집안이라 했으니…… 죽지 않을 만큼만 괴롭혀 주지.'

모질게 마음을 먹은 담용이 이번에는 갈비뼈에 금이 가게 만들었다.

꼭꼭 숨기고 숨겨 놓았던 몇 가지 염동포가 처음으로 시현되는 순간이었다.

"허억! 허억! 헉헉헉! 허억! 허억!"

가슴을 움켜잡고 숨도 제대로 쉬지 못하고 헉헉대는 사내의 눈이 금방이라도 튀어나올 듯이 빨갛게 충혈됐다.

동행했던 여자는 당최 영문을 몰라 하며 안타까워하다가 종국에는 무서웠던지 멀찌감치 서서 통화를 하고 있는 중이었다.

담용이 들어 보니 가관도 그런 가관이 없다.

"엄마, 나 어떡해? 저 사람 간질병이 있나 봐. 지금 미쳐서 땅바닥에서 몸부림치고 있어, 엉엉엉……."

급기야 울음을 터뜨리기까지 하는 여자다.

"엉엉엉…… 몰라, 몰라. 저 사람 미쳤어! 미쳤다구! 엉엉엉……."

그렇게 울어 대며 인파 속으로 파묻히는 여자다.

'뭐야? 저 여자…… 같이 왔으면 병원이라도 데리고 가든지 해야지.'

담용은 어이없는 여자의 행동을 보고는 정인을 쳐다보았다.

그런데 그새 안정을 찾았는지 이제 떨지 않는 것 같았다. 아니, 되레 안쓰러운 눈빛으로 사내를 쳐다보며 안타까워하는 눈치다.

'쯧, 이 정도로 할까?'

정인이 어느 정도 트라우마를 씻어 낸 것 같아서다.

'이놈아, 마지막이다. 움켜쥐기!'

담용이 사내의 목울대에 이미지를 보내 꽉 움켜쥐어 버렸다.

"헉! 꺼으으으. 꺽! 꺼억. 꺽꺽꺽……."

가슴을 쥐어뜯다가 이번에는 숨이 콱 막히는지 두 손으로 목을 부여잡고 꺽꺽대는 사내는 보는 이로 하여금 종잡을 수 없는 행태를 보이고 있었다.

그럴 수밖에 없는 것이 담용이 눈을 껌뻑거릴 때마다 이미지를 보내고 있으니 고통의 부위가 수시로 바뀔 수밖에 없었던 탓이었다.

그것도 겉으로 드러나는 이상이 전혀 없도록 뼈에 실금만 살짝살짝 가게 하거나 비틀었다가 놓아주고 움켜쥐었다가 풀어 주고 하는 식으로 충격을 준 때문이었다.

그랬기에 뼈에는 실금만, 목과 배는 생채기만 나게 한 탓에 치명적인 부위는 한 군데도 없었다. 즉, 치료만 잘하면 정상적인 몸을 찾는 데는 이상이 없었다.

아! 한 가지 더 있다.

여자가 떠나 버렸다는 것.

그리고 이런 일련의 사태 전부를 증거 하나 남기지 않았다는 점이다.

그러니 수사를 한다고 해도 건질 게 하나도 없었다.

'짜식, 어디서 감히…….'

자신의 여자를 깔본 대가치고는 많이 비쌌지만 담용은 결코 후회하지 않았다.

'향후 누구라도 나와 내 가족을 건드린다면 절대 용서하지 않을 것이다.'

그동안 당한 것은 기억 저편으로도 충분했다.

한편 마음이 진정된 정인의 마음은 복잡했다.

사내의 이름은 강호평.

예전의 약혼자다.

옛정이야 남아 있지도 않지만 사람이 저렇게 나뒹구는데 아무도 나서는 사람들이 없다는 것이 안타까웠다.

그런데도 담용이 꽉 붙잡고 있어서 나설 수도 없었다.

물론 나서서도 안 되겠지만.

한데 강호평이 너무나 이상했다. 자신과 데이트를 할 때는 다소 무례한 점은 있었지만 저런 병세는 전혀 보이지 않았었다.

그런데 아무리 쳐다봐도 몸부림만 쳐 댔지 멀쩡한 사람이다. 장난인가 싶을 정도로 말이다.

행인들 역시 정인과 마찬가지 마음이었는지 아무리 살펴보아도 강호평이 어디 다치거나 부러지거나 한 곳이 보이지 않아 고개를 갸우뚱거리고 있었다.

마치 고통을 토해 내는 행위예술가의 모습으로 착각할 정도로 강호평은 사지가 너무도 멀쩡했다.

그런 소란 통에 사람들은 더 몰려들어 주변이 꽉 차 버렸다.

정인이 두려운 표정으로 담용에게 물었다.

"다, 담용 씨, 저 사람 왜 저래요?"

"글쎄요. 갑자기 저러는데 제가 알 턱이 있겠어요?"

"시, 신고해야 하지 않을까요?"

"어디가 아파 보여야 신고를 하든지 말든지 하죠. 그리고 그사이 누군가는 신고를 했을 겁니다."

"그렇겠죠?"

"그럼요. 근데 누굽니까?"

"저, 전에…… 약혼했었던 가, 강호평……."

"아아. 알았으니, 더 이상 말하지 말아요."

"네에……."

"저 친구 원래 저런 병이 있었어요?"

"그, 글쎄요. 전 전혀 눈치 못 챘어요."

"큰일 날 뻔했군요."

"……."

"혹시 행위예술가는 아니겠죠?"

"그건…… 저도 잘 모르겠어요."

정인은 과연 자신이 강호평에 대해 알고 있었던 게 뭐였나 하는 표정이다.

"그런데 왜 저러죠? 다친 곳도 없어 보이는데 저러는 걸 보면 아마 간질병의 일종인 것 같지 않아요?"

"가, 간질병요?"

"그 왜 가만히 잘 있다가 갑자기 눈을 까뒤집고 몸부림치면서 입에 거품을 무는 병 말입니다. 저 봐요, 입에 거품까지 물고 있잖아요? 행위예술가라면 정말 리얼한 표현이죠."

"우, 우리…… 그만 가요."

"그래요. 이제 좀 괜찮아요?"

"네, 이젠 저 사람 다시 만나도 괜찮을 것 같아요."

'됐다.'

바로 이것 때문에 강호평을 심하게 대했던 거다. 고로 담용을 만난 강호평이 오늘 재수에 옴 붙은 날인 것이다.

"쩝, 좀 혼내 주려고 했는데 갑자기 저러니…… 여자 친구도 안 보이는 걸 보니 무서워서 가 버렸나 보네요."

"어머나! 저를 어째……."

삐뽀. 삐뽀. 삐뽀…….

"마침 앰뷸런스가 오네요. 그러니 우리도 그냥 갑시다."
"네에……."
천연덕스럽게 거짓말을 해 댄 담용은 정인의 손을 잡고는 인파를 헤치며 자리를 벗어났다.

전정희, 까무러치다

정인의 집 앞.

부릉-!

"정인 씨, 이따가 전화할게요."

"네-! 일 잘 보세요!"

적지 않아 보이는 짐을 집 앞에 내려놓은 담용이 차를 발진시키며 손을 흔들자, 정인도 양손을 들어 마구 흔들어 댔다.

담용의 레인지로버가 시야에서 사라지자 그제야 정인이 대문 앞 계단에 잔뜩 늘어놓은 짐을 바라보며 양손을 허리에 척 걸쳤다.

"후와! 많기도 해라."

배시시.

이 모두가 사랑하는 이가 자신에게 준 선물 꾸러미들이라 생각하니 절로 입가에 기분 좋은 웃음이 걸렸다.

"천생 엄마의 도움을 받아야겠네."

계단에 올라선 정인이 벨을 눌렀다.

딩동. 딩동. 딩동.

벨 소리에 이어 곧 인터폰에서 전정희의 목소리가 들려왔다.

-누구……?

"나야, 엄마."

-울 딸 일찍 들어왔네?

"응, 어서 문 열어 줘. 나, 무거워."

-무겁다고?

"응, 그러니 엄마가 나와서 좀 도와줘."

-아, 알았다.

철컹.

정인의 앞을 철벽처럼 가로막고 있던 육중한 철문이 열렸다.

그사이 양손에 선물 꾸러미를 잔뜩 든 정인이 현관으로 뛰어가자, 문이 열리면서 전정희가 슬리퍼를 끌며 나왔다.

"육 서방은?"

"응, 나 내려 주고 다음에 들르겠다면서 갔어."

"흥! 하기야 다 늙은 장모가 보고 싶기나 하겠어?"

"엄마는. 급한 전화가 와서 어쩔 수 없었다니까."

전정희가 토라지는 것을 본 정인이 눈을 흘기며 담용의 편을 들었다.

"계집애, 지 서방이라고 편들기는."

"헹! 못 믿겠으면 어쩔 수 없지 뭐."

기실 원래는 담용이 정인의 집을 방문해서 아버지 이상원과 술을 한잔하기로 했었다. 정인이 양손에 주렁주렁 들고 있는 꾸러미 중 하나가 바로 술안주로 샀던 참치회라는 것이 그 증거다. 그런데 불행히도 저녁 식사를 하고 있는 도중 급한 전화가 걸려오는 바람에 무산되어 버린 것이다.

"근데 이 짐들은 다 뭐냐?"

"히히힛, 대문 밖에도 있으니까 빨리 가져오기나 해."

"아, 알았다."

곧 종종걸음으로 걸어간 전정희의 양손에도 꾸러미들이 잔뜩 들렸다.

"아휴! 웬 돈으로 이렇게 많이 샀니?"

"헤헤헷, 담용 씨 돈이지 누구 돈이겠어?"

"아예 혼수를 해 온 것 같다 얘."

"혼수는 여자인 내가 준비해야 하는 거지, 남자가 하나?"

"이것아, 말이 그렇다는 거지."

"엄마, 무거워. 빨리 현관문 열어 줘."

"아이고, 내 정신 좀 봐."

철컥!

"근데 이 많은 걸 너 혼자 들고 왔을 리는 없을 테고……."

"엄만, 당연히 담용 씨가 차로 데려다 줬지."

"그럼 육 서방이 집 앞까지 왔다가 얼굴도 안 보고 갔단 말이니?"

"응, 일이 그렇게 됐어. 전화를 받자마자 엄청 급해 보였거든."

"큰일이 난 건 아니고?"

"나도 물어봤는데 그런 건 아니니까 안심해."

"알았다."

"히히힛, 엄마 것도 있으니까 빨리 들어가."

정인이 전정희를 염소 새끼 몰듯 등을 떠밀어 거실로 향했다.

"원 계집애두…… 네 아빠, 퇴근해서 거실에 계신다."

"아빠가 벌써 퇴근하셨다고?"

"그래, 무슨 일이 있는지 집에 와서부터 줄곧 코가 빠져 있구나."

"그래? 무슨 일이 있나?"

정인이 짧은 통로를 통해 거실로 들어서자 이상원이 반겼다.

"이제 오냐?"

거실 소파에서 신문을 읽고 있던 이상원이 고개를 힐끗 들었다.

"아빠-!"

"생각보다 일찍 들어왔구나."

"담용 씨가 갑자기 걸려온 전화 때문에 급히 가야 해서요."

"괘씸한 놈, 이렇게 예쁜 내 딸을 팽개치고 내빼다니."

"히히힛, 그래도 충분히 재미있었어요."

"그랬다면 다행이고."

"근데 아빤 왜 이리 일찍 퇴근하셨어요?"

여름이라 아직 해가 많이 남아 있어서 하는 말이다.

지금이 오후 6시가 조금 넘었으니 평소의 이상원 같으면 일찍 끝난다고 하더라도 이제야 슬슬 퇴근을 준비하고 있을 때인 것이다.

"요즘 일이 없어 펑펑 놀고 있어서 그렇지."

"어머, 일감이 없어요?"

"그래, 그쪽 복지관 일하고 돈도 안 되는 자잘한 일 몇 가지 외에는 일감이 뚝 떨어졌구나. 현장에서 뼈가 굵은 나도 이렇게까지 일감이 없을 때가 있었나 싶다. 지난 2년 동안에도 이 정도는 아니었는데 말이다."

지난 2년이면 IMF가 닥치고 모두가 힘들어할 때였다. 물론 지금도 별반 나아진 건 없었지만, 그래도 내성이 생기긴 했다.

"그렇게 어려워요?"

"허허헛, 도급업자들이 감기에 걸렸다면 하도급업자인 우리네야 몸살감기에다 독감까지 겹쳐 앓아누울 수밖에 더 있겠냐?"

"그럼 수금 상황은 어때요?"

"그게 문제다. 수금이라도 잘된다면 어떻게든 견뎌 보겠는데, 도급업자들이 언제 일이 생길지 몰라 결제를 저리도 미루고 있으니…… 그래서 내일, 내일 하다가 더 어려워졌다."

"세상에……."

정인은 자신이 근무할 때에도 이런 일들이 아주 없었던 것은 아니어서 돌아가는 판세를 대충 읽을 수 있었다.

원래 도급업자들은 하도급업자들에게 결제를 미룰 수 있을 때까지 미루는 것이 보편화되어 있었다. 예를 들어 3개월을 미루다가 결제를 해 준다고 쳤을 때, 6개월짜리 어음을 끊어 주게 되면 합해서 9개월이 된다는 얘기다.

그것도 애초 발주할 때 금액을 깎고 또 깎은 상태에서 결제해 주는 것이라 하도급업자들이 이중고를 겪는다고 할 수 있다.

그나마 기껏 받아 놓은 어음이 행여 부도라도 날까 싶어 조바심을 내야 했다.

한데 덜컥 부도라도 나면 손해가 이만저만이 아니다. 대기업이라면 부도가 날 확률이이야 적겠지만 가진 자가 더 욕심이 많듯 횡포가 아닐 수 없다.

어쨌든 모두가 어려운 시기라 서너 집 걸러서 왕왕 일어나는 일이라 촉각이 곤두서는 것이다.

소위 말해서 임금 따먹기 사업인 기계제 작업을 운영하는 이상원이야말로 그런 위험성의 최일선에 서 있다고 해도 과언은 아니었다. 그야말로 이런 일이 생길 때마다 애면글면할 수밖에 없는 처지다.

"하면 자재업자들에게 결제해 줄 돈도 없겠네요?"

"나도 수금을 해야 주는 거지……."

"결제가 너무 길어지면 자재업자들이 가만히 안 있을 텐데요?"

"요즘 들어 독촉이 좀 심해지긴 했지만 오랜 단골들이라 아직은 견딜 수 있어. 그나저나 망치 소리와 용접 소리가 나야 하는 작업장이 절간처럼 조용하니 실로 난감할 지경이구나."

"어떡해요?"

"뭘 어떡해? 직원들을 감원해서라도 견디도록 해 봐야지."

"어머나! 다들 어렵게 사는 형편인데 회사를 그만두게 하면 어떻게 살아가라고……."

"에효! 그래서 더 고민이라 요즘 잠도 잘 안 온다. 다들 오래도록 같이 일해 온 사람들이고 또 숙련된 기술자들이라 해고하기도 참……."

뒷말은 듣지 않더라도 미루어 짐작이 가는 정인이다.

문득 정인의 뇌리로 정에 익고 눈에 익은 직원들이 파노라마처럼 스쳐 갔다.

'어떡해…….'

그녀는 비록 회사를 떠난 몸이지만 하루 종일 뙤약볕에서 망치질을 하고 용접을 하며 고생하는 직원들의 모습을 잊고 살았던 적은 없었다.

그렇다고 월급이 다른 곳보다 많은 것도 아니다.

사회인이 되면서 처음 먹은 것이 쇳밥이라 그 길로 갈 수밖에 없었던 사람들이니 참는 법을 아는 데다 욕심도 많지 않다.

다만 쇳밥을 먹어서인지 사람들이 다소 목소리가 크고 행동이 험하긴 하다. 하지만 일대일로 대놓고 보면 그들만큼 순진한 사람도 없었다.

정인은 아빠인 이상원의 지금 심정을 잘 안다.

이렇게 딸 앞에서 넋두리를 할 수 있는 것은 정인 자신이 공장 사정을 너무도 잘 알기 때문일 것이다.

아내인 전정희야 완전한 전업주부여서 남편의 공장 일에 대해서는 젬병이라 의논할 대상이 되지 않았다.

정인은 자신이 능력만 된다면 힘이 되어 주고 싶은 마음이 간절했다.

"만약에라도 추후 공장이 정상적으로 돌아가게 됐을 때 돌아와 줄 사람이 몇 사람이나 될지도 의문이다. 그래서 내일 최종적으로 회의를 해 보고 결정하기로 했다."

"……."

맥이 빠져 있는 이상원의 말을 들은 정인은 자신의 능력으로 도움을 줄 수 있는 사항이 아니어서 더 해 줄 말이 없었다. 아니, 사태가 그 지경에까지 간 것도 모르고 있었다는 것이 더 미안해서 가슴이 먹먹할 뿐이었다. 그래서 조그만 희망이라도 심어 주고 싶어 입을 뗐다.

"아, 아빠, 제가…… 담용 씨에게 말해 볼게요."

정인의 그 말에 잠시 눈에 이채를 띠는 이상원이다.

솔직히 자존심상 먼저 운을 떼는 것이 어려웠던 이상원은 형편이 급한 상황이라 정인의 그 말을 기다리고 있었는지도 모른다.

이상원 자신은 기술자 출신의 오너다. 즉, 경영 밥과는 거리가 먼 기술 밥을 먹은 지가 오래다 보니 융통성이 별로 없다. 이 말은 곧 회사가 어려움에 처해도 어디 가서 자금을 융통해 올 수 있는 주변머리가 못 된다는 뜻이다.

이 점은 오달재의 공장을 처분할 때, 담용에게 지적을 받은 바가 있었다. 그래서 경영 공부를 한다고는 했지만 머리가 굳은 뒤라서인지, 아니면 원래부터 인맥 자체가 경영자들과는 인연이 없어서인지 도무지 진척이 없었다.

그렇다고 경영 전문가를 고용해서 운영할 정도로 규모를 갖춘 사업장도 아니어서 그렇게 하지도 못할 입장이다.

고로 이래저래 도급자들에게 이용만 당하는 기술자 출신 오너가 바로 이상원인 것이다.

진퇴양란에 처하다 보니 담용의 능력을 잘 알고 있는 이상원으로서는 당장이라도 도움을 청하고 싶었지만, 그놈의 체면이 선뜻 입을 열지 못하게 하고 있었던 것이다.

사실 오늘도 아내에게서 담용이 올지 모른다고 들었기에 기회를 봐서 상의나 좀 할까 하고 이렇게 일찍 귀가해 들어와 있었던 것이다.

물론 그것은 속내일 뿐이고 공식적인(?) 이유는 몸이 피곤해서다.

어쨌든 그렇게 끙끙 앓고 있던 차에 딸인 정인이 먼저 언급하고 나서니 이 아니 불감청고소원인가?

그래도 대번에 혹하기보다는 한번 슬쩍 빼 보는 것이야 돈 드는 것도 아니어서 시큰둥한 표정으로 말했다.

"서로가 다 어려운 시긴데 걔라고 뾰족한 수가 있다더냐?"

"그래도 담용 씨라면 발이 넓으니 방법을 찾을 수 있을 거예요."

순진한 정인은 아빠인 이상원을 걱정해서 적극적으로 나

서고 있었다. 정인으로서는 자신이 그만두는 통에 경영이 더 어려워진 것만 같아 미안한 마음이 들어서였다.

'이따가 전화가 오면 부탁해 봐야지.'

마음을 그렇게 먹으니 조금 안심이 됐다.

그녀의 정인은 어떤 걸 부탁해도 다 들어줄 것 같은 능력자 같았다. 마치 동화 속에 나오는 마법사처럼…….

"뭐, 그럴 수만 있다면 나야 감지덕지지."

내심 안도한 이상원이 정인의 눈치를 살피더니 말을 이었다.

"가능하면 빨리 좀 알아봐 달라고 해 보려무나. 융통을 해 주면 꼭 갚겠다고 말이다."

"많이 급하세요?"

"좀 그렇구나. 이제나 저제나 하며 결제를 기다리다가 차일피일하다 보니 월급도 뒤늦게야 지급했다. 그러다 보니 월세 낼 돈도 남지 않더구나."

"그럼 운영자금도 없겠네요?"

"뭐, 그렇지."

"할아버지께 말씀드려 저희가 미리 돈을 융통해 드리도록 해 볼까요?"

"어허, 아서라. 이사장님께 더 이상의 신세는 곤란해."

"아빠, 어차피 철강 자재가 들어오면 결제를 해 줘야 할 것 아녜요? 지금 자재 구입할 돈도 없다면서요?"

"크흠, 그건 그렇지 않다. 그러지 않아도 복지관 측에만큼은 실수하지 않으려고 그쪽 납품할 자재 구입값은 남겨 뒀다. 그러니 괜히 책잡힐 말일랑은 하지 마라."

딸을 시집도 보내기도 전에 주눅이 들게 하고 싶지 않은 아비의 심정이다.

"알았어요."

"그래, 우리 사정에 대해 이사장님이 알고 있는 것과 담용 군이 아는 것은 천지 차이니 아예 입도 벙긋하지 마라."

"알았다니까요."

"그나저나 그건 다 뭐냐?"

"아! 헤헤헷, 보실래…… 어, 엄마!"

"호호홋, 얘기하는 동안 내가 다 정리해 놨다."

전정희의 말처럼 두 부녀가 공장 일로 의논을 나누는 사이 주렁주렁 들고 왔던 물건들이 전부 펼쳐져 있었다.

정인은 강호평으로 인해 불쾌한 일이 있었지만 그 이후로는 오랜만에 즐거운 데이트 시간을 가졌다. 그러다가 명동까지 와서 쇼핑하는 즐거움을 빼놓을 수 없다며 S백화점으로 가서 담용과 자신의 몫은 물론 각자의 집안 식구 수대로 선물을 준비했던 것이다.

"허! 뭐가 저렇게 많냐? 전부 담용 군이 사 준 거냐?"

"네, 아빠 것도 있어요."

"내 것도 있다고?"

“여보, 사이즈를 보니 이 구두는 당신 건가 봐요.”

전정희가 구두가 든 박스를 이상원 앞으로 밀었다.

“그거 캐주얼화예요. 아빠가 간편하게 입고 외출하실 때 신으면 좋을 거예요.”

“허! 이거…… 너무 비싼 것 같은데?”

발등 부분에 가죽 수술이 달린 랜드로버 형식의 구두로 척 봐도 세련된 디자인이었다.

“마음에 드세요?”

“마음에 들다마다.”

“그럼 맞는지 신어 보세요.”

“맞, 맞겠지.”

그러면서 주춤주춤 일어서더니 신어 보고는 이리저리 폼을 재 보는 이상원이다.

“잘 맞는데?”

“호호홋, 제가 보기에도 그러네요.”

“정인아, 이 운동화는 인호 거니?”

“응, 걘 운동하는 애라…….”

“뭔 운동화를 가죽으로 만들었지?”

“응, 그래서 운동화가 완전 구둣값이더라고. 아니, 더 비싼가?”

“세상에나.”

“당신 것은 없어?”

"호호홋, 왜 없겠어요? 짠-!"

전정희가 파스텔 톤의 여름용 아웃도어 재킷과 바지 그리고 모자까지 들어 보이며 자랑을 했다.

"헐! 아예 세트로 맞췄구먼."

"엄마, 내가 골랐는데 마음에 들어?"

"그러엄."

"호호홋, 한번 입어 봐, 맞는지."

"울 딸 눈썰미가 어디 보통이어야지. 딱 봐도 맞는 것 같지 않아? 나중에 입어 볼게. 근데 네 건 없어?"

"없긴?"

"근데 왜 안 보여? 참치회 빼고는 나머진 사은품인지 죄다 자질구레한 것들밖에 없는데."

전정희가 물건들을 온통 쑤석거릴 때 정인이 반지를 낀 손을 들며 웃었다.

"헤헤헷, 나도 짠-!"

"……!"

"히히힛, 어때?"

"엉? 그, 그게 웬 반지냐?"

"웬 반지기는? 오늘 프로포즈받을 때 담용 씨가 선물한 반지지."

"어머머! 육 서방이 포로포즈를 했단 말이야?"

"그러엄, 이게 바로 증거라구."

정인이 또 한 번 왼손을 까닥거리며 우쭐댔다.

"세상에, 세상에. 세 개짜리 반지잖아? 엄청 비싸겠다."

"응, 많-이-!"

"어, 얼만데?"

"그걸 가르쳐 주기 전에 이 시계도 한번 봐 봐."

정인이 시계 케이스를 열어 탁자에 놓았다.

"어머나! 어머나!"

시계를 보자마자 연방 탄성을 발한 전정희가 금박으로 쓰인 글자부터 살폈다.

"이게 어디 메이커니?"

"프랑스 카르띠에."

"프, 프랑스제라고?"

"응, 예쁘지?"

"예쁘고말고. 귀티도 나고."

"헤헤헷."

"근데 프로포즈를 하면서 너무 비싼 물건을 받은 것 아니니?"

"그렇긴 한데…… 내가 말려도 고집을 부리더라고. 그래서 어쩔 수 없이 담용 씨 거랑 내 거랑 커플로 했어."

"그건 잘했다만…… 엄만 어째 부담이 된다. 어디 가격 좀 보자."

"히히힛, 여기……."

스윽.

정인이 영수증을 내밀며 말했다.

"엄마가 이걸 보면 아마 까무러칠걸."

"계집애, 아무려면 까무러칠 정도로 비쌀까?"

전정희는 설마 했다.

'잘해야 백만 원쯤 할 테지.'

그렇게 생각한 이유는 프랑스 제품인 데다 제법 비쌀 것 같아 보이긴 했지만, 결혼 예물도 아니고 어디까지나 커플링과 커플 시계일 뿐이라 여긴 것이다.

한데 그녀의 눈이 화등잔만 해지는 데는 1초도 걸리지 않았다.

트리니티 블랙 앤 화이트 링 - ₩19,800,000

블랙 세라믹 시계(여성용) - ₩6,000,000

"마, 맙소사! 이, 이게 다 얼마야?"

"이건 내 것인데 두 개 합해서 2,580만 원이야."

"마, 맙소사!"

"담용 씨 것까지 포함하면 모두 5,160만 원이지."

"오, 오천…… 꼬르륵."

그날 저녁 전정희는 정인이 내놓은 가격표를 보고는 그녀가 장담했던 것과는 달리 까무러치고 말았다.

그리고 정인은 오늘 강호평에게 일어났던 일을 아무에게도 말하지 않았다.

BINDER
BOOK

국정원에서

하루를 숨 가쁘게 달려온 태양이 서산으로 기우는 시각.

끼이익!

담용의 레인지로버가 서울 변두리 인근의 가파른 언덕을 한참 동안이나 올라오다가 도중에 멈추라는 수신호를 보내는 사내에게 그만 막혀 버렸다.

'직원인가?'

정복을 입지 않은 사복 차림의 사내가 운전석으로 다가오자 담용이 차창을 열었다.

스르르르.

"혹시 육담용 씨 되십니까?"

"그렇습니다만……."

"연락을 받고 기다리고 있었습니다. 일단 차를 저쪽에 주차해 주십시오."

"그러죠."

사내가 가리키는 공터에 주차를 한 담용은 차에서 내려 주변을 둘러보았다.

녹음이 절정인 산골짜기였다.

'국정원이 여기 있었구나.'

아마도 강남구 세곡동과 서초구 내곡동에 걸쳐 있는 인릉산일 것으로 짐작이 됐다.

"타시지요."

사내가 자신이 몰고 온 차량의 문을 열며 담용에게 권했다.

"아, 예."

담용은 자신의 목적지가 어딘지를 알고 있었기에 군말 없이 올라탔다.

뜬금없이 여기에 나타난 것은 약 한 시간 전에 받았던 조재춘 과장의 전화 때문이었다.

그 사정은 이러했다.

―육담용 씨?

"예, 접니다만 누구신지요?"

―국정원의 조재춘입니다.

"아! 예, 안녕하셨습니까?"

–하하하, 덕분에요.

"근데 무슨 일로 전화를……?"

–저희에게 시간을 좀 내주십사 하고 전화를 드렸습니다.

"언제요?"

–차장님께서 당장 뵈었으면 하시는데요.

"차장님이요?"

–예.

"그렇다면 없는 시간이라도 내야죠."

–감사합니다. 저녁 식사 전이시면 여기서 하시지요.

"아, 방금 먹었습니다."

–그럼 제가 대충 위치를 가르쳐 드릴 테니, 그리로 오시지요. 도착하시면 기다리고 있던 직원이 안내해 드릴 겁니다.

"알겠습니다."

그 결과 여기에 와 있는 것이다.

필시 중차대한 일이 있기에 그 바쁜 사람이 따로 보자고 하는 것임을 미루어 짐작할 수 있어 오랜만에 만난 정인과의 데이트도 중도에 멈추고 달려온 터였다.

물론 차를 몰고 오는 내내 2000년도에 일어났었던 사건, 사고 들을 기억해 내서 국정원과 접목시켜 보는 일을 반복해

보았다. 자신을 부르는 이유가 필시 일전에 언급해 주었던 말과 관련이 있을 것으로 예상했기 때문이다.

그도 아니면 염동력 때문일 터였다.

잠시 후, 차량이 울창한 삼림에 둘러싸인 광장으로 들어서자 깔끔하게 정돈된 건물이 나타났다.

'규모가 제법 크네.'

하기야 업무 영역이 넓은 만큼 그만한 인원이 필요할 것이니 이해가 갔다.

그런데 무심코 시선을 옮기던 담용의 눈에 띈 돌에 새겨진 글, 즉 석문의 내용이 눈길을 끌었다.

'어? 바뀌었나?'

정보는 국력이다

담용이 기억하기로는 눈에 들어오는 내용과 달리 '음지에서 일하고 양지를 지향한다.'라는 글귀였다.

한데 언제 바뀌었는지 부훈의 내용이 바뀐 것이다.

사실이 그러했다.

기실 국가안전기획부가 1999년 국가정보원으로 명칭을 변경하면서 대국민 이미지 개선 노력의 일환으로 부훈을 과거 '음지에서 일하고 양지를 지향한다'에서 '정보는 국력이다'로 바꾼 것이다.

부훈이 바뀐 지 1년도 채 되지 않은 시기이기도 했고 또 자주 접하지 못하는 국정원이라 담용이 모르는 것은 당연했다.

'어째 너무 한산한 것 같은데?'

특이한 것은 국가의 안위에 관련된 정보를 취급하는 기관임에도 불구하고 그리 삼엄한 것 같지 않다는 점이었다.

대신에 감시 카메라가 보보마다 설치되어 있는 듯 시선이 머무는 곳마다 눈에 띠고 있었다.

"내리시죠. 안내하겠습니다."

"예."

차에서 내린 담용이 사내의 안내를 받아 건물 안으로 들어섰을 때, 귀에 익은 음성이 들려왔다.

"어서 오십시오."

"아, 조 과장님."

무시무시한 기관에 발을 디딘 후 은근히 불안감이 없지 않았는데, 그래도 구면이라고 조재춘 과장의 목소리가 어찌 그리 반가운지 담용은 저도 모르게 덥석 손을 붙잡았다.

"하하핫, 혹시 좋은 시간을 뺏은 건 아닌지 모르겠습니다."

"별말씀을요."

정인과의 데이트 시간을 빼앗았으니 맞는 말이긴 했지만 개의치 않아도 되는 곳이었다.

"자, 이리로."

조재춘 과장이 앞장서서 안내하는 발길을 따라 잠시 가다 보니 소회의실 1이라고 쓰인 출입문이 나왔다.

출입문 앞에서 잠시 멈춘 조재춘 과장이 담용에게 주의를 환기시켜 주었다.

"사전에 준비도 없이 갑자기 호출해서 미안합니다만, 회의실 안에는 최 차장님은 물론 1차장님과 2차장님이 함께 하고 계시니 그리 아십시오."

"예? 그분들까지 왜……?"

"하하핫, 오늘 아침 러시아 사건으로 인해 궁금한 게 많은 모양이더라고요."

"아! 잠수함 침몰 사건요?"

"예. 그래서 급히 자리가 마련됐지요. 그리고 긴장할 것 없어요. 육담용 씨는 지금 손님, 그것도 귀빈으로 초대받은 입장이시거든요."

"귀빈이라니요? 제가 그런 대접을 받을 자격이 있어야지요."

"하하핫, 그건 들어가 보시면 알게 됩니다. 자, 들어가시지요."

조금은 긴장해 있는 담용을 편하게 해 주려는지 조재춘 과장이 친근한 웃음을 흘리고는 문을 열었다.

실내의 정경이 들어오면서 가장 먼저 눈에 띈 건 원탁이었다. 그리고 원탁을 둘러싸고 앉은 늙고 젊은 사람들이 보였다.

"차장님, 육담용 씨를 모시고 왔습니다."

"어서 모시게."

"예, 이리로."

"예."

고개를 살짝 숙여 보인 담용이 조재춘 과장이 안내하는 대로 따랐다.

"잘 지냈는가?"

"아! 차, 차장님."

"갑자기 이리로 호출해서 많이 미안하구먼."

"아, 아닙니다. 제가 도움이 되는 일이 있다면 당연히 와야지요."

"허허헛, 역시 특전사 출신은 어디가 달라도 다르군그래. 내 옆에 잠시 서게."

"예."

담용이 옆에 서자 최형만이 둘러앉은 사람들에게 말했다.

"하마터면 저세상으로 갈 뻔했던 내 목숨을 구해 줬고 또 여태껏 우리가 해 온 이야기의 주인공이 바로 이 젊은이입니다."

그렇게 말하고는 최형만은 담용에게 스스로 소개를 하라는 눈짓을 보냈다.

"아, 예."

정인과 데이트하던 옷차림이라 이런 자리에 어울리지 않아 머쓱했던 담용은 상의를 추스르고는 입을 열었다.

그래 봐야 이름만 밝힐 뿐인 소개다.

"안녕하십니까? 육담용이라고 합니다."

짝짝짝짝짝.

담용이 허리를 숙이며 정중하게 인사를 하자 박수가 터져 나왔다.

"이제 내가 한 분 한 분씩 소개하도록 하지. 좌측부터 소개하자면 우리 국정원의 해외 파트를 맡아 눈코 뜰 새 없이 바쁘신 김덕모 제1차장님이시고, 그 옆에는 김 차장님을 모시느라 덩달아 바쁜 이정식 과장이네."

"처음 뵙겠습니다."

"나도 만나서 반가우이."

"반갑습니다."

담용이 예를 표하자, 두 사람이 빙그레 웃으며 화답을 해왔다.

"다음은 제2차장님이신 조택상 님이시고, 국내 파트를 맡고 계시지. 역시 그 옆에는 참모 격인 차민수 과장이네."

"처음 뵙겠습니다."

"나 역시 그러네. 잘 왔네."

"차민수 과장입니다."

그렇게 수인사가 끝나자 최형만이 담용에게 자리를 권했다.

"자, 이제 앉아서 얘기하도록 하자고. 거기 편히 앉게나."

"감사합니다."

"아참! 저기…… 컴퓨터 앞에 앉아 있는 두 사람은 여기 직원일세."

컴퓨터와 전화기를 앞에 놓고서는 마치 법정의 기록원처럼 앉아 있던 젊은 두 남녀가 최형만의 간략한 소개에 일어나더니 꾸벅 인사를 하자 담용도 답례를 했다.

"자 자, 이제 소개도 끝났으니 질문하실 분은 질문하시고 의문이 있으신 분들은 의문 사항을 풀도록 하시지요?"

"제가 먼저 물어보도록 하지요."

담용이 그러지 않아도 성격이 조금 급할 것 같은 인상이라 여겼던 조택상 2차장이 기다렸다는 듯이 나섰다.

"3차장님께 말씀을 전해 들었는데, 담용 군이 대통령님이 이번 노벨평화상의 수상자가 될 것이라고 했다는데, 그 말…… 확신하는가?"

"예, 100퍼센트 확신합니다. 아마 10월경에 발표가 있을 겁니다."

"노벨평화상위원회에서 말인가?"

"아마도요."

"허-!"

"이번엔 제가 물어보겠습니다."

차민수 과장이다.

"말씀하시지요."

"지금이 8월입니다. 남은 기간에 국내에 큰 사건이 일어날 것도 예상할 수 있습니까?"

"가끔은요."

"말해 줄 수 있습니까?"

"올 후반기는 전반기보다 대체적으로 큰 사건이 없는 것 같습니다. 다만 근래에 꿈에 자주 나타나는 장면으로 보아 이달 말쯤에 있을 태풍으로 인한 피해가 적지 않을 것 같습니다."

"조양희 씨, 빨리 기상청에 물어봐."

"네."

이미 그렇게 하기로 약속이 되어 있었는지 차민수 과장의 말에 여직원이 재빨리 전화를 들었다.

"태풍이 온다면 피해는 얼마나 될 것 같습니까?"

"글쎄요. 자세히는 모르지만 수십 명의 사망자와 실종자가 보였습니다. 그런데……."

"그, 그런데요?"

"꼭 우리나라가 아닐 수도 있단 얘깁니다. 즉, 태풍이 우리나라에 상륙하는 순간 위력이 약해져 피해가 경미할 수도 있단 말인 거지요."

"흠, 그럴 수도……."

"과장님, 기상청에서는 말하기를 필리핀 동쪽 먼바다에서 이제 막 태풍의 조짐을 발견한 상황이랍니다."

"어? 그래?"

태풍 소식이 실제로 있는 것에 차민수 과장의 동공이 눈에 띄게 커졌다.

"막 태동하는 상태라 아직은 태풍으로 발전할지 그대로 소멸할지는 모른답니다. 만약 태풍으로 발전한다면 태풍 12호가 되며 이름은 프라피룬으로 명명된다고 합니다."

"프라피룬?"

"네, 태국에서 명명한 이름으로 '비의 신'이란 뜻입니다."

"수고했어. 육담용 씨, 방금 말한 저 태풍입니까?"

"그럴 겁니다. 제가 본 바로는 우리나라는 수도권 일부 지역과 북한 지역에 피해가 생기는 것 같았습니다."

"수도권 어딥니까?"

"그건 잘……."

사실은 돌풍으로 인해 광명시의 비닐하우스에 피해가 집중되지만 거기까지 세세하게 말해 줄 수는 없었다.

"그럼 다음으로 생길 만한 국내 사건은 뭐가 있을 것 같습니까?"

"공적 자금 등으로 인한 경제 위기 재발 가능성이 있습니다."

"예? 그게 무슨 말씀입니까?"

"글쎄요. 좀 복잡하게 보이는데, 요약해서 말씀드리자면…… 현 정부가 지난 4월 총선거를 의식해 구조 조정이 성공적으로 마무리돼 공적 자금이 더 이상 필요 없다고 공언했는데, 이것의 결과가 자충수로 나온다는 거지요."

"헉! 그, 그래서요?"

"올해 남은 기간 동안 금융 및 기업 부문의 부실이 갈수록 커질 겁니다. 위기를 느낀 정부가 국회의 동의를 얻어 수십조 원가량의 추가 공적 자금을 조성하려고 할 것입니다. 이 자금으로 2단계 금융과 기업 구조 조정을 시행하게 될 걸로 보는데……."

"……?"

"시행하지 않는 것만 못할 겁니다."

"어, 어째서요?"

"전…… 경제학자가 아니라서 제가 꿈에서 본 것만 말씀드리는 터라 지식에 한계가 있습니다. 단지 그 결과로 인해 주식시장 침체 및 환율 폭등, 기업들의 자금 경색 등 금융 시스템이 제대로 작동되지 않는 것은 물론 구조 조정 지연에 따른 향후 경기 둔화가 진행되어 제2의 경제 위기, 즉 IMF가 한 번 더 올 것이란 겁니다. 설사 오지 않더라도 치명적인 결과가 될 테죠."

"으음, 잘…… 알겠습니다."

"차 과장님, 혹시 M&A 전문가로 벤처 황제라고 알려진 인물이 누군지 아십니까?"

"요즘 한창 뜨는 인물이니 모를 리가 없지요."

"그럼 그 사람을 유의 깊게 살펴보시기 바랍니다."

"이유가 뭡니까?"

"워터게이트 같은 사건의 주인공이 그 사람입니다. 10월경 정도에 사건이 불거지는데, 그때는 이미 많이 늦겠죠?"

"그야……."

충격에 죽을 사람은 죽고 도피할 사람은 이미 다 사라지고 애먼 사람들만 남아 고생하는 것이야 게이트 사건이 일어날 때마다 생기는 뒷북이다. 게다가 결과는 언제나 흐지부지 끝난다.

'훗! 어차피 정권 실세가 끼어 있으니 핵심 관계자들의 도피는 못 막겠지.'

말은 해 줬지만 담당 분야가 아니어서 국정원이 할 일은 없을 것으로 여겨졌다.

"팁으로 한 가지만 더 말씀드리지요."

"……?"

"그 사건을 흐지부지 끝나게 되면 검찰을 불신한 야당 국회의원들이 탄핵안을 상정하게 될 겁니다. 물론 여당의원들이 투표에 불참함으로써 무산이 되긴 합니다만, 그 결과는 전혀 엉뚱한 데서 나타납니다."

"그게 어, 어딘데요?"

"내년 하반기 재보궐선거에 거대 야당이 등장하는 데 빌미를 제공하게 되지요."

"아!"

"국내는 그 정도니까 여기까지……. 아참! 마지막으로 팁을 하나 더 말씀드린다면, 내년 3월경에 저나 국민들 대다수가 존경해 마지않는 정 회장님께서 별세하신다는 겁니다."

"헛! 저, 정 회장이라면……."

차민수 과장이 조양희 씨를 쳐다보았다.

"정 회장님께서는 현재 ㅇㅇ병원에서 입원 치료 중이라고 나옵니다."

"연세가 있으시니 그럴 수 있다고 치세. 한데 그걸 얘기해 주는 이유가 뭔가?"

내도록 듣고만 있던 조택상 차장이 물었다.

"지난 3월에 있었던 왕자의 난으로 인해 불행한 일이 생길 수 있으니 미연에 막았으면 하는 바람에서 말씀드린 겁니다."

다가올 2002년 9월경 대북 불법 송금 사건 관련 조사를 받던 중 아까운 사람이 투신자살하는 것을 말함이지만, 누구라고 지칭하지는 않았다.

실제로도 담용은 그때가 도래하면 현 삶에서만큼은 꼭 막고 싶은 일 중 하나로 꼽고 있었다.

"흠, 수고하였네."

"감사합니다."

담용이 감사의 말을 전하자마자 제1차장인 김덕모가 나섰다.

"이번에 내가 물어보도록 하지."

"아, 김 차장, 나부터 하지. 아주 간단한 질문 한 가지뿐이니 말일세."

"그러시게."

두 사람이 친구라도 되는지 서로 편하게 대하는 눈치다.

"……?"

"담용 군, 간단하게 하나만 물어보겠네."

"말씀하시지요."

담용은 최형만이 3차장이라 필시 대북에 관련된 내용일 것임이 짐작됐다.

"김정일이 답방을 하겠나?"

질문이 정말 간단했다. 하지만 내포하고 있는 뜻은 결코 간단하지가 않다.

"꿈에 전혀 나타나지 않는 걸 보면 답방은 없을 것으로 봅니다. 오히려 향후 남북 관계가 점점 차가워지는 것은 보입니다만……."

"헐! 김정일이 제 입으로 직접 언급했는데도 안 온다고?"

"평양의 정상회담에서 서울에 답방을 하겠다고는 했지만

김정일이 립 서비스 차원에서 한 말일 뿐입니다. 그러니 절대 안 옵니다."

"그런가? 잘 알았네. 김 차장, 질문하게."

"그러지. 담용 군, 자네 덕분에 어제부터 잠도 못 자고 바빴다네."

"예?"

"허허헛, 쿠르스크호가 침몰한 일을 두고 다방면으로 알아본 결과 실제로 오늘 새벽에 일어난 사건으로 최종 확인이 되었다네. 담용 군 말대로 핵잠수함이었지. 그 소식을 접한 나는 자네가 정말 사람인가 하고 의문이 들 정도로 엄청 놀랐다면 믿겠나?"

"저…… 차장님과 똑같은 사람인데요?"

"하하하핫."

"허허허……."

"허허헛, 이 사람아, 누가 뭐랬나?"

"죄송합니다."

"죄송은 무슨……. 그건 그렇고 미국의 다음 대통령으로 공화당의 조지 W 부시 후보가 당선될 것으로 예언했다지?"

"예언 같은 거창한 게 아닙니다. 그냥 꿈에 보였을 뿐입니다."

"그래, 예언은 양면성과 다의성을 지니기 때문에 함부로 남발할 성질의 것도 아니고 또 한다고 해도 여간 조심하지 않으면 안 되지. 나 역시 최 차장님을 믿지 않았다면 오늘 이런 자리에 나타나지도 않았을 테고 말일세. 어쨌든 잠시 겪어 본 결과는 자네가 노스트라다무스보다 훨씬 대단한 사람이라 여겨지네. 뭐, 이건 내 마음이니까 뭐라고 하지는 말게나."

"예……."

급한 성격답지 않게 말이 긴 김 차장이다

"미국 대통령 선거는 그렇게 가닥을 잡고 힘을 써 보도록 하겠네. 다음으로 국익에 도움이 될 만한 사건이 있겠는가? 기왕이면 세계 초강대국이자 우리나라와 밀접한 관계인 미국과 연관된 일이었으면 싶네."

"엄청난 사건이 하나 있긴 합니다."

담용은 금세 떠오르는 것이 있어 곧바로 대답했다.

"호오! 뭔가?"

"너무 어마어마한 사건이라 믿지 않을지도 모릅니다."

"믿고 안 믿고는 우리가 신중하게 판단해서 할 일이니 걱정 말게나."

"그러시다면……. 아! 말씀드리는 대신 조건이 하나 있습니다."

"말하게."

"어떤 경우든 미국 정보국에 저를 노출시키지 말아 달라는 겁니다. 이걸 약속하지 않으시면 전 절대로 말하지 않을 겁니다.”

“허어, 얼마나 대단한 사건이기에……. 알겠네. 내 약속하건데 절대 노출시키지 않을 걸 맹세하지.”

“그럼 직원들을 잠시 내보내 주십시오.”

“어? 그, 그러지.”

김덕모가 이정식 과장에게 눈짓을 하자, 곧 담용이 원하는 대로 조치가 됐다.

“이제 말하게.”

“도청은 없겠죠?”

“자네를 만나기 전에 조사를 했었네만 이상이 없었네. 자네가 가진 재주 중에 그런 걸 찾는 것도 있다고 하던데……?”

김덕모가 말하는 사이 기감을 살짝 풀어 살펴본 담용이 말했다.

“없는 것 같습니다. 아니, 없습니다.”

“다행이군. 이제 말해 보게나.”

“내년 그러니까 2001년 가을쯤 미국에 대폭발 테러 사건이 일어납니다.”

“엉? 테, 테러 사건이 일어나?”

“예, 정확한 시각은 알 수 없으나 오전입니다. 엄청난 사상자가 발생합니다.”

“허얼! 가, 감히 누가 무슨 수단으로?”

으박지르듯 말하는 김덕모의 어투에 담용이 눈을 감았다. 아니, 일부러 여러 사람의 시선을 피할 이유로 눈은 감은 것이다.

"꿈에서 본 건물을 좀 찾아봤더니 뉴욕의 110층짜리 세계무역센터, 즉 쌍둥이 빌딩에서 참사가 벌어지더군요."

"폭탄 테러인가?"

"아뇨, 여객기 자살 테럽니다. 아아…… 무역센터 북쪽 건물이 먼저 충돌하고 조금 있다가 남쪽 건물마저 충돌합니다. 그 결과 쌍둥이 빌딩 둘 다 와르르 무너집니다. 그리고 또 있습니다. 미국의 오각형 건물에도 여객기에 의한 참사가 일어납니다."

"헉! 오각형이라면?"

"워싱턴 국방부 청사!"

"페, 펜타곤!"

"그다음은…… 한 대는 별다른 피해를 주지 않고 그냥 추락하는군요."

"헐! 미, 믿을 수가 없군."

"누구 짓인가?"

"머리에 터번 같은 걸 둘렀어요."

"카피에가 아니고?"

"그게 뭐죠?"

"아랍 남성들이 머리에 두르는 천이네."

"그럼 그게 맞는 것 같습니다."

"역시나…… 사실이라면 알카에다 아니면 지하드일 확률이 크겠군. 그 이후는 상황이 어찌 되는지 아는가?"

"테러로 인해 세계경제가 동시다발적으로 휘청합니다. 국제금리가 단숨에 하락하고 세계 증권시장이 크게 위축됩니다. 미국은 사건 직후 일주일간 증권시장을 열지도 못하는 일이 생깁니다. 또 미국을 오가는 모든 국제선 항공도 차단됩니다."

"희생자는 얼마나 될 것 같은가?"

"여객기 승객은 물론 국방부 청사와 세계무역센터에서 발생한 사망 및 실종자 수가 수천 명은 되어 보입니다. 후우-! 이상입니다."

말을 하고 있는 담용이 더 긴장이 되는 긴 한숨을 내쉬며 눈을 떴다.

"수고했네."

"믿기지 않으시겠지만 대통령 선거와 테러 사건을 잘 이용하면 국익에 도움이 될 겁니다. 다른 건 몰라도 끔찍한 사건만큼은 막아야 하지 않겠습니까?"

"연구가 많이 필요하겠어. 아무튼 잘 들었네."

짝짝짝.

"수고가 많았네."

최형만이 박수를 치면서 치하를 하더니 또 한 가지를 부탁했다.

“마지막으로 염동력을 재현해 주겠는가?”

“그러지요.”

“고맙네. 조 과장, 준비해 주게.”

“옛!”

이 역시 미리 준비를 해 놓았던 것이지 조재춘 과장이 실내 한 구석에 덮어 놨던 천을 걷어 내자 폐기된 컴퓨터 모니터 서너 대가 놓여 있었다.

모두의 시선이 약속이나 한 듯이 폐모니터로 쏠렸다.

“저걸로도 상관없겠지?”

“부수기보다는 그냥 간단히 우그러뜨려 버리는 걸로 하죠.”

“그렇게 하게.”

“근데 저거 폭발하지 않을까요?”

“허허헛, 그것만으로도 시각적 효과는 충분할 테지.”

맞는 말이긴 했지만 장소가 실내라서 문제다.

“그럼 시작하겠습니다.”

‘다’란 말이 끝남과 동시에 ‘꽈작!’ ‘꽈자작!’ 하는 소음이 들린다 싶은 순간, 폐모니터들이 마치 연탄불에 올려놓은 오징어처럼 급속도로 오그라들더니 이내 ‘펑!’ ‘퍼펑!’ 하고 가벼운 폭발음이 일었다.

“헛! 저, 저럴 수가!”

"아, 아니!"
"마, 맙소사!"

국정원과의 동조

국정원 내의 응접실.

소회의실에 있었던 인물들이 자리만 옮겨 담소를 나누고 있는 중이었다.

당연히 화제의 중심은 담용이었다.

담용 역시 몇 가지 예언(?)과 단 한 번의 염동력 시범을 보임으로써 장내의 인물들과 급격히 가까워진 상황이라 편하게 대화에 응하고 있는 중이었다.

뭐, 일반인들이 담용의 예언과 염동력을 매스컴이 전하는 동영상으로만 봤다면 더도 덜도 아닌 딱 사이비 교주의 짓거리로 여겼겠지만, 장내의 사람들은 바로 코앞에서 듣고 실체를 경험했던 터라 묻고 싶은 것도 많았고 알고 싶은 것도 많았다. 즉, 회의실에서의 일이 나름 공식적인 자리에서의 일이었다면 지금은 사석의 자유스러운 분위기에서 대화하는 것이라는 점만 달랐지 분위기는 대동소이했다.

아무튼 이를 계기로 담용은 국정원의 업무를 지탱해 나가는 중추라 할 수 있는 차장급과 과장급의 인물들과 단순히 인연을 뛰어넘어 급격히 가까워져 좋은 친분을 맺은 것만은 사실이었다.

아울러 담용이 오늘 적극적으로 호출에 응한 목적 또한 한층 쉬워지고 있었다.

기실 담용은 모종의 일로 고민에 고민을 거듭하다가 국정원의 도움을 받아야겠다는 결론을 낸 바가 있었다. 그래서 사적인 자리라고 마련된 이곳에서도 각 부서 차장들의 각종 질문 공세에 성심성의껏 응대해 주고 있었다.

완전한 신뢰!

현재로서는 이것이 목표였다.

밑천을 다 까발려서라도 얻어야 하는…….

물론 이들은 담용의 말을 참고하거나 혹은 50퍼센트 정도만 믿을 뿐이다.

아무리 3차장인 최형만의 언질이 있었다곤 해도 사안별로 직접 확인하지 않는 한은 100퍼센트 믿기는 어려운 것이다.

하지만 그렇다고 해도 한 국가의 정보국으로서는 이 정도의 정보만으로도 많은 이득을 얻거나 시행착오를 줄일 수 있을 것이다.

물론 염동력만큼은 직접 눈으로 확인했고 또 강력한 인상을 받았던 터라 불신하지는 않았다.

"아니, 북한과는 좋아질 기미가 전혀 안 보인다고?"

담용에게서 무슨 말을 들었는지 대북 관련 담당자인 최형만이 대단히 우려스러운 표정으로 물어 왔다.

"예, 당분간은 그럴 것으로 보이네요. 내년 3월에 있을 장관급 회담이 북한의 일방적인 연기 조치로 무산됩니다. 그 이후로도 쭈욱 냉각기를 갖다가 미국의 무역센터 빌딩이 무너짐으로써 최악으로 치닫습니다. 왜냐면 부시 대통령이 이란과 북한을 싸잡아서 테러 집단으로 몰아가기 때문입니다."

담용은 북한이 악의 축이라고까지 말했다는 것은 벙긋도 하지 않았다.

"으음, 부시 미 행정부가 대북 강경 정책을 쓴다면 우리 입장이 참으로 곤란하게 되겠군."

"육담용 씨, 하면 이미 합의된 이산가족 상봉도 성사되기 어렵겠지요?"

"물론입니다. 내년 가을에 잠시 만나기는 하지만, 북한 측에서 별의별 트집을 다 잡는 통에 무산이 되며 깊은 겨울잠에 들어갑니다. 꿈에 어떤 장면이나 글귀도 나타나지 않는 걸 보면 십중팔구입니다. 그러니 차장님께서는 추이를 보시다가 제 말이 맞다 싶으시면 더 늦기 전에 재빨리 대응해서 조치를 취하셔야 할 것입니다."

"흠, 알았네. 내 참고하도록 하지."

"아참, 조 차장님."

"어? 내게 해 줄 말이 있나?"

"예, 제가 깜빡한 것이 있습니다."

"오! 뭔가?"

"내년 여름경에 우리나라가 IIMF 구제금융 관리 체제에서 벗어나게 될 것이라는 겁니다."

"잉? 그, 그게 정말인가?"

"저, 정말 외환 위기에서 탈출하는 겁니까?

담용의 폭탄 같은 발언에 조 차장과 차민수 과장이 동시에 '뜨헉!' 하는 반응을 보이더니 이내 반색하며 차례로 되물어 왔다.

그도 그럴 것이 대한민국이 IMF의 경제 신탁통치를 받는 격이나 마찬가지인 처지라 하루라도 빨리 벗어나야 모든 것을 정상으로 되돌려놓을 수 있기 때문이었다.

이유는 작금의 현실이 돈 한 푼 쓰려고 해도 마음대로 융통을 못 하고 있는 실정인 탓이다.

이를테면 빚을 진 회사가 채권단에 일일이 자금의 용처를 밝히고 결재를 받은 후에 사용하는 상황과 다를 바가 없다는 얘기다.

사정이 그러하니 국정원도 예외는 아니어서 지장을 많이

받고 있는 상황이었다.

그런고로 마침내 빚을 다 갚고 기나긴 돈의 속박에서 해방이 된다고 하니 얼마나 기쁘겠는가?

"틀림없습니다. 대한민국은 2000년 9월, 그러니까 다음 달에 60억 달러의 대기성 차관 자금(SBL)을 상환할 것을 발표합니다. 그리고 내년부터 상환하기 시작해, 같은 해 8월쯤 모두 상환함으로써 IMF로부터 받은 구제금융에 마침표를 찍습니다."

"허얼-! 그렇게만 된다면야……."

"하하핫, 원래 대한민국 국민들이 저력이 있지 않습니까?"

"허허헛, 그렇긴 하지."

"차장님, 그 말을 들으니 괜히 기분이 좋아집니다."

담용이 IMF 구제금융에서 벗어난다고 말하자 기분이 좋았는지 조택상과 차민수는 웃음을 감추지 못하는 모습이었다.

"거참, 조 차장님은 그걸로 한시름 놓은 표정입니다그려."

"하하핫, 그렇지 않고요. 지긋지긋한 3년이 아닙니까? 물론 1년을 더 견뎌야 하겠지만 그저 막연하게 기다리기만 할 때와는 다르지요."

"하긴 나도 지긋지긋하던 참이니……."

"허허헛, 김 차장님도 좋은 조언을 들을 수 있기를 바랍니다."

"나도 그랬으면 좋겠소. 담용 군, 이번에 내가 좀 묻겠네. 괜찮겠지?"

"예, 김 차장님께도 제 꿈이 도움이 됐으면 좋겠습니다."

"내 예감에는 부시 정부가 들어서면 초장부터 많이 힘들어질 것 같은데…… 어떤가?"

"그럴 것으로 예상하셔야 됩니다."

"이거 곧바로 응답이 나오니 맥이 빠지는군그래."

"사실은 사실이니까요."

"끙. 계, 계속하게."

"부시 대통령이 취임함으로써 곧 힘의 외교가 시작될 것입니다. 그렇게 되면 아마 해외 담당인 김 차장님 부서가 많이 힘들어질지도 모릅니다."

"흠, 예를 든다면?"

"취임 직후부터 미사일 방어(MD) 정책을 강행함은 물론 대북 강경책 선언과 지구온난화 규제와 방지를 위한 국제 협약서, 즉 교토 의정서를 탈퇴하는 등 초강수를 둘 겁니다."

"허! 그렇게까지?"

"예, 그래서 국제 사회의 비난을 면치 못하지만 부시 정부는 귀에 못을 박고는 마이 웨이를 외치며 강행시킵니다."

"그러지 않아도 세계에서 가장 공해를 많이 배출하는 나라가 미국인데 그들이 교토 의정서를 지키지 않으면 지구온난

화가 가속화되겠군."
"다른 사건은 또 없습니까?"
이정식 과장이 처음으로 물어 왔다.
"내년 연말쯤에 잠자던 용이 용트림하는 계기를 맞이하게 됩니다."
"잠자던 용이라면…… 아마도 중국을 말하는 것이겠지요?"
"맞습니다. 여기서 한 가지 여쭤 보겠습니다."
"뭡니까?"
"둥근 원 안에 스포츠화인 나이키 로고와 비슷한 모양이 여섯 개입니다. 세 가지 색상으로 이루어져 있고요. 이게 뭐죠?"
"아! 그건 세계무역기구인 WTO의 로고입니다."
"그렇다면 중국이 WTO 가입에 성공하게 되어 세계 무대에 등장하게 됩니다."
"저, 정말입니까?"
"꿈에 본 로고가 정확하다면요."
"흠, 중국이 지난 15년간 끈질긴 노력을 해 오더니 결국……."
담용은 이외에도 중국이 향후 빠른 속도로 세계경제의 주역 반열에 올라선다는 말을 하고 싶었지만, 지금은 기회가 아닌 것 같아 참았다.

하지만 곧 다시 자리를 마련해 얘기를 해 줘야 할 것이다. 이유는 중국이 본격적으로 세계시장에 합류함에 따라 중국 시장 진출을 위한 국내외 기업 간의 치열한 경쟁이 예고되고 있다. 그리고 대만 역시 WTO에 가입함으로써 홍콩, 중국, 대만의 대중화 경제권의 탄생을 예고하고 있기 때문이다.

하지만 이들은 경제 전문가가 아니어서 그런지 그 여파가 얼마나 심각한지를 모르는 것 같았다.

'뭐, 아직 1년 반 정도 남아 있으니…….'

물론 턱없이 모자란 시간이지만 담용 자신도 기억 저편에서의 중국 진출에 대한 시행착오를 좀 더 세밀하게 기억해 낼 시간이 필요했기에 당장은 말을 아꼈다.

"그리고…… 아르헨티나 국기가 보였는데, 곧 부채 상환 중단을 선언할 겁니다. 그러니 이 역시 참고하셔서 미리 손을 써 놓으시길 바랍니다."

"아르헨티나발 경제 위기가 도래하겠군. 아참! 일본은 어떤가?"

"아아, 그러고 보니 내일이군요."

"엉? 내일이라니?"

"육담용 씨, 내일 무슨 일이 일어납니까?"

"하핫, 일본을 말씀하시니 언뜻 생각이 나서요."

"뭔데요?"

"내일 일요일에 올 4월에 취임한 고이즈미 총리가 야스쿠

니신사를 전격 참배합니다."

"아니! 지금으로서는 참배를 하지 않을 것으로 얘기가 나오고 있는데……."

"그래서 전격 참배라고 하지 않습니까?"

"쯧, 또 시끄러워지겠군."

"그리고 미국 무역센터 테러를 구실로 자위대 해외 파병이라는 숙원을 풉니다."

"고이즈미가 일본의 보수 우경화의 선두주자니 시기가 문제지 언제 하더라도 하게 되어 있는 일일세."

김덕모에 이어 최형만이 말했다.

"아무튼 이웃이라고 하나 있는 게 한시라도 마음을 놓지 못하게 한다니까. 자, 이제 시간도 얼추 됐고 하니 그만들 하지요. 오늘만 날이 아니니 말이오."

그 말에 모두들 벽시계를 보니 밤 9시가 다 되어 가고 있었다.

"허! 벌써 시간이 이렇게 됐나?"

"벌써?"

"이만 파합시다. 그리고 우리…… 오늘 아침에 의논한 대로 서로 할 말들이 있을 것 같지 않소?"

"아, 그렇지."

"맞아, 깜빡했군."

최형만의 말에 모두의 시선이 담용에게로 향했다. 이로 보아 아마도 담용에게 관련된 일인 듯했다.

'젠장, 시간이 벌써 이렇게 됐나?'

담용은 아직 자신이 이곳에 온 목적을 벙긋도 하지 못한 상태여서 일순 당황했지만 시선이 자신에게 쏠리는 기회를 놓치지 않았다.

"저…… 세 분께 드릴 말씀이 있습니다만……."

"담용 군, 아주 급한 일이 아니면 다음에 하는 게 어떤가? 오늘은 너무 늦었네."

'에구, 말을 좀 아끼고 진즉에 본론을 꺼낼걸.'

신뢰를 얻을 목적으로 많은 정보를 풀어내느라 시간 가는 줄을 몰랐던 것이 패착이 됐는지라 후회가 됐다.

하지만 오늘이 아니면 또 언제 볼 수 있을 것인가?

또 포기해서 될 일이 아니었다. 사실 최형만 차장이라면 언제든 볼 수 있다지만, 국내 담당인 조택상 차장이나 국외 담당인 김덕모 차장을 만나 보기는 그리 쉬운 일이 아니었다.

마음을 굳게 먹은 담용이 자리에서 일어서려는 사람들에게 다소 강렬한 어조로 말했다.

"잠시 제 말씀을 좀 들어 보시겠습니까?"

"응? 우리에게 할 말이 있나?"

"예, 2차장님께요. 그리고 1차장님께서도 조금은 관련이 되어 있는 일이라 들어 주셨으면 합니다."

"흠, 개인적인 일인가?"

자신이 관련된 일이라고 해서 조택상이 물었다.

"개인적인 일이라면 제게 얼마든지 처리할 수 있는 능력이 있다고 자부합니다."

"하면 공적인 일이로군."

"다들 잠시 앉읍시다. 여태껏 도움을 받기만 했는데 얘기를 들어 주지 않는 것도 예가 아니지요."

"담용 군, 심각한 일인가?"

김덕모에 이어 최형만도 다시 자리에 앉았다.

"향후에 경제가 예속될 수 있는 일이니, 심각한 일이 되겠지요. 하지만 지금 잘 막아 내면 그럴 일이 없을 것 같아 잠시 말을 들어 달라고 하는 겁니다."

"경제가 예속될 수도 있다? 그리고 그걸 막을 수 있다? 지금 내가 한 말이 맞는가?"

"예."

요점을 짚어 다시 한 번 되뇌어 물어보는 김덕모의 말에 담용이 크게 고개를 끄덕여 보였다.

"좋네. 어디 말해 보게나."

"본론을 말씀드리기 전에 먼저 아셔야 할 것이 있습니다."

"……?"

"조금 긴 이야기가 되더라도 들어 주시면 고맙겠습니다."

"어차피 다시 앉았네. 편히 얘기해 보게나."

“감사합니다. 실은 저의 초능력이 어느 정도의 경지에 이르자 당장 써먹을 데가 없어서 고민하던 중에 우연히 알게 된 일이 있어서 관여를 했습니다.”

“흠, 계속해 보게.”

“제가 성급하게도 애국하고자 하는 마음이 앞서서 법에 저촉이 되는지 안 되는지도 모르고 천방지축으로 일을 저지르게 됐는데…….”

서두를 꺼낸 담용은 그때부터 자신이 어떤 계기로 조폭들을 상대하다가 일본 야쿠자들까지 상대하게 되었는지부터 시작해 여태껏 해 왔던 일들을 낱낱이 실토하기 시작했다.

애초 야쿠자들과 인연이 됐던 일부터 해서 그들에게서 채권과 현금 그리고 금괴를 강탈한 일과 또 마약까지 강탈해 태워 버린 일, 나아가 여수까지 원정을 가서 밀항과 밀수를 해 오는 야쿠자들을 일망타진해 그들이 가지고 온 금괴와 마약 그리고 자금을 강탈한 사건에 이르기까지 죄다 털어놓았다.

당연히 그렇게 얻은 돈으로 복지관을 설립하고 성수병원을 인수해 뭔가를 잃어버린 이들과 국가유공자들을 위해 사용하고 있다는 것, 또 그걸 밑천으로 국가 자산을 외투사들로부터 조금이라도 지키기 위해 동분서주하고 있음도 밝혔다.

그렇게 담용의 이야기가 계속될수록 최형만을 비롯한 장

내의 사람들은 각양각색의 반응을 보이며 눈도 깜빡이지 않고 듣는 데 열중했다.

때로는 탄성을 발하고 때로는 분노를 표출하기도 했지만 대부분은 통쾌한 감정을 대리 만족하는 그런 표정들이었다.

"……해서 이번은 8,000억 원 가까이 되는 거액이라 저 혼자서는 일을 하기가 버거워 이렇게 도움을 요청하는 것입니다. 더불어 이런 식으로는 더 이상 세무서의 추적을 피할 수도 없을 뿐만 아니라 또 감당하기도 어려울 것 같아 말씀을 드리는 겁니다. 이상입니다."

말을 마친 담용이 자신의 말을 끝까지 들어 준 데 대한 감사의 표시로 정중하게 인사를 했다.

"거참, 자금 출처가 좀 요상타 했더니만…… 그런 일을 하고 있었다니……."

"호오! 최 차장은 뭘 좀 아는 것 같은데……."

"김 차장, 별것 아니라네. 생명의 은인이 뭘 하는 사람인가 하고 조사를 하다 보니 조금 알게 된 것일 뿐 자세한 전말은 나도 오늘에서야 알게 된 것이라네."

"아아, 그럴 수도 있겠군. 하면…… 담용 군."

"예."

"그 모두가 혼자서 한 일인가?"

담용의 시선이 주로 자신에게 향하고 있다고 생각했는지 조택상이 물었다.

"그렇습니다."

담용은 심종석이나 강인한 같은 아이들을 엮고 싶지 않았다.

"그게 혼자서 가능한 일인가?"

"믿기지 않으시다면 당장 실험해 보셔도 좋습니다. 당장 은행이라도 털어 올 수 있으니까요."

"어허! 큰일 날 소리."

담용의 당당한 자신감에 흠칫한 조택상이 손을 저어 댔다. 그리고 자신이 얼핏 생각해 봐도 불가능할 것 같지 않았다.

'헐, 괴물일세.'

딱 그 표현밖에는 달리 생각나는 게 없었다.

잘 쓰면 이만한 인재도 없을 것 같았고. 내팽개쳐 놓으면 또 이만한 골칫거리도 없을 것 같았다.

두말할 것도 없이 무조건 품에 안아야만 하는 국가적 인재였다. 아니, 국보라 할 수 있었다. 그래서 자리가 파하는 즉시 세 부서의 수장끼리 육담용에 관한 제반 문제에 관해 중론을 모으려고 했던 것이다.

"하면 어떻게 하면 믿으시겠습니까?"

"아아, 아서게. 그냥 해 본 소리니까. 그나저나 여태껏 강탈, 아니 낚아챈 돈이 전부 얼마나 되는가?"

"일일이 세어 본 것이 아니라서 정확하지는 않습니다만,

대략 7,000억 원 정도 되지 않나 싶습니다. 뭐, 이래저래 비용으로 흘린 돈이 있어서 좀 모자라긴 할 겁니다."

사실은 1조 원가량 되지만 자신과 동료들을 위해 쓸 자금 정도는 남겨 둘 필요가 있었기에 줄여서 말했다.

"대단하군. 그런 큰일이 벌어졌는데도 우린 여태 모르고 있었단 말이지. 그것도 까마득히."

조택상이 차민수 과장을 쳐다보며 '정말 모르고 있었나?' 하고 묻는 눈치다.

절레절레.

"죄송합니다. 금시초문이라서……."

"쯧쯔쯔…… 아무리 외환 위기하에서 활동비가 대폭 줄었다고 해도 그렇지 야쿠자 자금이 들어와서 활개를 치는데도 금시초문이라니 말이 되는 건가?"

"며, 면목이 없습니다."

실상은 대공 요원만 준 것이 아니라 전체적으로 각 분야의 요원들이 대폭 줄어든 통에 활동할 수 있는 인원이 턱없이 모자라는 형편이었다.

더구나 물갈이까지 되는 바람에 정예 요원과 경험 부분에서 예전만 못한 상태였다.

그걸 알기에 조택상도 더는 뭐라고 하지 않고 담용에게 물었다.

"우리 말고 또 누가 그 사실을 알고 있는가?"

“제가 그분을 말하게 되면 여기 계신 분들 모두 곤란하게 될 수도 있을 텐데요?”

“흠, 거물인가 보군.”

“예.”

“자네가 뭘 생각하는지 짐작 못 하는 바는 아니지만, 그렇다고 자네가 생각하는 만큼 썩지도 않았으니 말해 보게나.”

“여당의 중진인 갈성규 의원입니다.”

“엉? 갈성규 의원이라면…….”

“쯧! 깊이 생각할 것 뭐 있나? 한일의원연맹의 간사를 맡은 자이지 않은가?”

탁!

“아! 그래, 그 간신 놈.”

최형만의 말에 무릎까지 치며 목청을 높이는 조택상이다.

“어허! 이 사람…….”

“왜? 내가 못 할 말을 했나? 그놈 매국노 집안의 자식이기도 하잖아?”

“그래도 그렇지. 어찌 됐든 국민이 뽑은 국회의원일세.”

“흥! 빛 좋은 개살구지. 여당엔 골칫덩어리고 국민들에겐 근심덩어리지. 국가로는 우환덩어리인 놈이고……. 젠장, 더 하자니 내 입이 더러워질까 봐 못 하겠네.”

뭔가 더 구린 구석을 알고 있는 듯 갈성규 의원을 계속 씹어 대는 조택상이다.

담용도 의외다 싶었던지 미간이 좁아졌다.

'썩을 새끼가…… 매국노 집안이었어?'

강인한의 할머니와 모친만 생각하면 친일파 매국노들은 죄다 처리하고 싶은 담용이었다.

'이놈을 그냥 놔둬서는 안 되겠군.'

처벌이 꼭 죽이는 것만 있는 것도 아니고 능사도 아니다. 마음만 먹으면 방법은 수도 없이 많다.

"그리고 또 아는 자가 있나?"

"예, 대검찰청 특수수사부의 한영기 부장검사와 경찰청의 구동기 국장입니다."

한영기야 부하인 경대수 검사를 시켜 강인한을 추적하고 있는 상황이고, 경찰청의 구동기 국장은 담용으로 인해 지금까지도 병원 신세를 못 면하고 있는 전직 경찰관 김덕기와 유상곤을 시켜 채권을 추적하게 한 인물이었다.

"푸헐! 대충 그림이 그려지는군그래."

"맞아. 특수부 부장검사를 움직이려면 갈성규 정도의 거물이어야 아귀가 맞지."

"근데 경찰청 국장이면 치안감인가?"

"그렇지. 2급 이사관이지."

"구동기라…… 차 과장, 좀 알아보게."

"옛!"

"담용 군, 이들이 왜 관련이 됐지?"

"저야 알 턱이 없지요. 야쿠자들의 부탁을 받은 것으로 추측은 됩니다만……."

"빌어먹을 자식들."

"아마 지금도 저를 찾느라 혈안이 되어 있을 겁니다."

"자네의 정체를 알고는 있고?"

"아뇨, 전혀요."

"하긴 그럽 능력을 갖고 허술하게 일을 처리하지는 않았을 테지."

"흠, 담용 군이 택상이 자네에게 볼일이 있다고 한 이유가……."

"국내의 일이라서지."

"그렇다면 나는 일본 야쿠자들 때문에 필요한 건가?"

김덕모의 1차장의 말이다.

"예, 그런데 앞으로는 야쿠자들만이 아니라 삼합회도 관련이 될 것입니다."

"삼합회까지?"

"예, 마약 때문입니다."

"아아, 우리나라가 루트로군."

"그렇습니다. 여기가 넘겨주고 받는 장소지요."

"맞아. 근데 자네…… 일본에 갈 일이 있나?"

"아직은 계획이 없습니다."

"일본어는 할 줄 아는가?"

"예."

"호오! 그 말을 들으니 왠지 횡재한 기분인걸."

"이 사람이. 아직 내 볼일도 아직 안 끝났는데, 무슨 욕심인가?"

"하하핫, 알았네. 담용 군이 택상이 자네를 먼저 찾았으니 우선권을 주도록 하지."

"훗, 눈물 나게 고맙군. 담용 군, 8,000억 원을 우리가 갖는 건 어떤가?"

"그러려고 말씀드린 겁니다. 하지만 국내 사채업자는 어떻게 하시려고……?"

"육담용 씨, 그들도 얄짤 없습니다."

"맞아. 어차피 야쿠자들의 계획에 동조한 놈들이니 매국노나 다름없지. 이 기회에 놈들의 자금을 말려 버리자고. 담용 군, 놈들이 모이는 장소를 알고 있겠지?"

"그럼요."

"이동 수단은?"

"차에서 현금을 내리면서까지 확인은 하지 않을 테니, 놈들이 동원한 차량을 이용하면 되지 않겠습니까?"

"운전자가 여러 명 필요하겠군그래."

"그래서 저 혼자서는 버겁다고 한 겁니다."

"좋아. D-데이는?"

"다음 주 일요일입니다."

"시간이 빠듯하겠군."

그도 그럴 것이 현찰로만 8,000억 원이었다.

팔레트당 30억이라고 하면 약 267개다.

5톤 탑차에 열여섯 팔레트(480억)가 실린다고 볼 때, 차량이 무려 열일곱 대가 필요했다.

기습에 이은 물건 확보 그리고 현찰을 보관할 장소까지 차량을 이동시키려면 가장 먼저 할 일은 창고 물색이다. 그런 다음 몇 가지 상황을 그려 놓고 팀원끼리 몇 번이고 손을 맞춰 봐야 할 것이다. 그러려면 시간이 정말 없었다.

"이봐, 차 과장!"

"예, 차장님."

"브라보팀장을 부르게."

"지금 말입니까?"

"그래, 당장 호출해!"

"알겠습니다."

별정직 공무원

늦은 시각까지 퇴근도 하지 못한 채 최형만을 비롯한 차장들만 별도로 회합을 갖고 있는 중이었다.

"최 차장, 어쩌다 저런 괴물 같은 녀석과 인연이 됐나 그래?"

"아까 말했잖은가, 길에 쓰러져 있던 나를 살린 친구라고."

"이 친구…… 아, 내가 그걸 몰라서 묻는 게 아니잖은가?"

"나도 조 차장 말에 동감이야. 자네와 인연이 된 게 문제가 아니라 워낙 괴물 같은 친구라서 그래. 이건 당최 어찌해야 할지 갈피를 못 잡겠군그래."

업무 외적인 일이라 그런지 세 사람 모두 말투가 자유스럽다.

"허 참, 국가적 인재로 쓸 방안을 강구해 보자고 하지 않았었나? 이젠 아침에 있었던 일도 까먹을 만큼 기억력도 가물가물해진 거야 뭐야?"

"끙, 그때야 그저 신기한 재주를 몇 가지 지니고 있는 특이한 녀석이라고 생각했지. 한데 꿈에 나타난다는 예시도 놀랍지만 그…… 초능력인가 하는 것 말일세, 그건 진짜 우려스러운 능력이더란 말이지."

"나도 동감. 아무렇지도 않게 은행을 털어 보일 수도 있다고 말하는 걸 보면, 이건 보통 일이 아닐세. 이야기만 들었을 때는 능력이 이 정도일 줄은 짐작도 못 했네."

"허어, 이 친구들 좀 보게. 아, 담용 군이 정말 나쁜 마음을 먹었다면 굳이 우리에게 와서 자신의 능력을 공개할 필요가 있었겠나? 생각을 해 보게. 말이야 바른 말이지 조금이라도 마음이 삐딱했다면 그 능력으로 세상이야 어찌 돌아가건 일평생 두고두고 미스터리 사건을 일으켜 가며 저 혼자 잘 먹고 잘 살면 그만 아닌가?"

최형만의 말마따나 만약 사회적 골칫거리가 된다면 담용만큼 대책이 없는 자도 없을 것이다. 반면에 같은 식구가 된다면 그만큼 힘이 되어 줄 동료도 없을 것이다.

그런 생각이 들자 조금은 뜨악해진 조택상이 얼른 최형만에게 말했다.

"이봐 최 차장, 왜 흥분하고 그러나? 지금 그래서 더 고민이라지 않나?"

"이 사람들아, 내가 지금 흥분하지 않게 됐나? 최고의 전력감에 양심까지 바른 사람을 두고 포지티브보다는 네거티브부터 생각하니 하는 말이 아닌가?"

"하면? 최 차장 자넨 어떻게 했으면 좋겠는가?"

"뭘 어떡해? 당장 전력으로 생각하고 능력을 써먹을 궁리를 해 봐야지. 안 그래?"

김덕모에 이어 조택상이 얼른 태도를 바꾸며 물었다.

"참나, 지금 생각들을 좀 하고 말하는 건가?"

뭐가 못마땅한지 두 사람을 흰 창이 드러나도록 흘긴 최형만이 다 식어 빠진 커피를 털어 넣었다.

"그렇다면 최 차장, 담용 군을 먼저 만난 자네가 생각을 해 놓은 것이 있을 테니 말해 보게. 난 웬만하다고 여겨지면 따르도록 하겠네."

"나 역시 마찬가지일세."

솔직히 최형만이 담용을 공개하지 않았다면 까마득히 모르고 있을 일이긴 했다.

일국의 정보를 다루는 고위 책임자, 즉 최형만이 욕심을 부린다면 충분히 그 한 사람의 영달을 위해 담용을 이용할 수도 있었다.

더욱이 당사자인 담용이 특전사 출신이라면 애국이란 핑

계는 전가의 보도나 마찬가지니 만사형통일 것이다.

또한 일국의 정보국 차장이란 신분은 마음만 먹는다면 그 한 사람의 선에서 많은 걸 좌지우지할 수도 있는 위치가 아닌가?

고로 담용의 능력에다 최형만의 직위 그리고 활동 무대 이렇게 삼박자가 딱딱 맞아 들어간다면 사실 못할 일이 별로 없다.

김덕모와 조택상도 이를 잘 알고 있기에 최형만의 의견을 먼저 배려하는 것이다.

"뭐, 깊이 생각할 것도 없더군."

"응? 어, 어떻게?"

"아무리 생각해 봐도 담용 군을 평소대로 놔두는 게 가장 상책이더라고."

"헐! 그대로 둔다고?"

"그러네."

"자네…… 진심인가?"

"설마?"

"응, 결론이 그것밖에 안 나오는 걸 어떡하나?"

당연하다는 듯이 고개를 끄덕이는 최형만의 태도에 두 사람이 이구동성으로 의구심을 드러냈다.

"푸하하핫, 우리더러 그걸 믿으라고?"

"푸후후훗, 나도 웃음밖에 안 나오는군. 이봐 최 차장, 솔직히 말해 보게. 다른 활용도가 있다고 말일세."

"풋! 능구렁이들이라 그런 말로는 안 속는군. 그럼 하나 묻지. 우리 정보부가 누구를 가장 의식하면서 활동하고 있다고 생각하나?"

"그야 CIA지."

"그건 물어보나 마나 한 질문이지 않나?"

"그래, 묻는 내가 바보지. 거기에 노이로제가 걸린 우리는 지금도 도청당할까 전전긍긍하고 있지."

"그게 어제오늘 일인가? 출근하면 그것부터 체크하는 게 일상이 되어 버린 지도 오랜 걸 새삼스럽게……."

"우리뿐이야? 원장실부터 시작해 각 부처 장관실은 물론 청와대까지 안심할 곳은 단 한 군데도 없지."

"한데 그런 상태에서 담용 군을 정식으로 영입이라도 해 보게. 어떤 일이 벌어질지 상상이 가나?"

"흠, 맞아. 그러고 보니 상상조차 하기 싫은 일이군."

"으음, 그걸 미처 염두에 두지 못했네."

최형만의 말에 처음으로 고개를 주억거리며 수긍하는 두 사람이다.

"내가 알기로 미국 역시 극히 소수이긴 하지만 초능력자들을 각 부처마다 배치해 전력으로 사용하고 있다더군."

"나도 듣고 있긴 한데…… 여태껏 확실하게 드러나는 바는 없지만, 자국에 불리해질 만한 사건이 생길 것 같으면 어느 순간 미스터리로 묻히는 일들 발생하지. 그걸 전부 그들의 소행으로 보는 건 우리만은 아닐 걸세."

"딱히 확인된 적이 없으니 해당 당사국은 항의도 못 하고 있는 실정이지. 그리고 여태 단 한 번도 드러난 바가 없으니 그들의 능력 또한 어느 정도인지도 모르는 상태고."

"그뿐인가? 미국은 각국의 초능력자들을 자국으로 귀화시켜 가며, 무차별적으로 영입한다는 소문도 돌고 있어."

"그건 나도 듣긴 했네만, 만약 사실이라면 담용 군인들 미국인이 되지 말라는 법은 없지 않겠나?"

"그건 곤란하지. 우리도 처음이자 마지막일지 모르는 초능력자가 생겼는데, 간도 보기 전에 빼앗기다니! 그건 절대 안 돼!"

"하하핫, 이 사람아, 이젠 자네가 흥분하는가?"

"이봐, 최 차장, 덕모 이 친구만이 아니라 나도 흥분되네. 왠지 아는가?"

"……?"

"우리나라가 미국의 경제 속국인 것은 그들이 빽 하면 수퍼 301조를 들어 보호무역의 카드를 내미는 것 때문이지. 또 정보의 속국인 이유가 이놈의 한반도 상공으로 수도 없이 지나가는 인공위성 때문인 건 삼척동자도 아네. 한데 100년에 한 명 생길까 말까 한 초능력자마저 내주게 된다면! 어허, 그 일만은 절대로 안 되네."

"나도 택상이 말에 동감일세. 이건 특급 비밀로 취급해야 할 일이네."

"푸후훗, 이 친구들이 이제야 정신을 차렸군."

"한데 담용 군과 미국이 전력으로 여기는 초능력자들을 비교하면 누가 더 강할 것 같은가?"

"그들의 능력이 어느 정도인지를 알지 못하는데 비교를 할 수 있겠나? 하지만 단언하건대 담용 군 정도의 능력은 되지 않으리라고 보네."

"그렇게 생각하는 이유는?"

"풋, 우리 편이니까."

"뭐?"

"쿠쿠쿡, 그거…… 우문에 현답일세그려."

"자 자, 이제 담용 군을 어떻게 대우해야 할지를 의논해 보세나."

"그 전에 먼저 결정해야 할 일이 있네."

"응? 뭘?"

"담용 군을 원장님께 소개해야 돼나 결정해야지."

"그렇군."

"당연히 소개를 해야 하는 게 순서이긴 한데……."

정작 국정원의 핵심인 국정원장이 화제가 되자 쉽게 결정을 못 하는 세 사람이다.

이는 그럴 만한 명백한 이유가 있기 때문이었다.

국정원장을 임명하는 사람은 대통령이다.

물론 통과의례처럼 거쳐야 하는 청문회의 대상자이긴 하지만 국회 동의를 필요로 하지는 않는다.

또 차장들 역시 국정원장이 추천함으로써 대통령이 임명하는 사람들이다.

그런데 이 세 사람 중에 가장 수명이 긴 사람을 꼽으라면 국정원장이 아닌 단연 차장급이다. 즉 정보 계통의 인사가 빈번해지면 그만큼 공백이 생기고 틈이 벌어진다는 의미다. 아울러 오랜 경험에서 오는 노회한, 연륜을 가진 인물이 반드시 존재해야 한다는 얘기다.

고로 고민은 바로 여기에 있었다.

비밀은 그 혼자만이 지니고 있을 때 지켜지는 것이지 두 사람이 이상이 알면 더 이상 비밀이라고 할 수가 없다.

과장급은 물론 차장급까지는 정보 계통에서 잔뼈가 굵은 사람들이라 비밀을 공유할 수 있다 해도 대통령이 외부 인사를 국정원장으로 임명했을 경우는 상황이 다르다. 국정원장을 믿지 못하거나 무시해서가 아니라 그 위치가 파리 목숨이기가 쉽기 때문이다.

이는 국정원장이 짊어지고 있는 업무가 워낙 방대해 사건이 불거지는 일이 다반사이다 보니, 그럴 때마다 구설수라는 도마 위에 오르다 보니 책임질 사람이 필요한 것이다.

그래서 장관급은 죄다 특채로 뽑은 별정직 공무원인지도

모른다.

그렇다고 국정원장 자리가 그런 이유로 존재하는 자리란 얘기는 절대로 아니다.

단지 그런 불상사가 발생할 때마다 대두될 수밖에 없는 대통령의 정치적 부담을 덜어 주기 위한 고육지책을 쓰는 자리가 될 수도 있다는 얘기다. 즉, 수장이 빈번하게 교체되는 것이 문제였다.

어쨌든 세 사람의 고민은 길지 않았다.

"일단…… 보고하는 것으로 하세."

"아무래도 그래야겠지. 누가 할 건가?"

"최 차장이 해. 최초 발견자니까."

"알았네. 그리고 담용 군의 초능력을 빌리려면 그만한 자격이 있어야 할 텐데 뭐가 좋을까?"

"별정직으로 적당한 자리를 골라 줘야겠지."

"또 직급이 너무 낮아도 일을 하기에 지장이 많을 테니, 최소한 5급 사무관은 돼야 할 테지."

"뭐, 비밀 요원이야 특채로 한두 명을 뽑아 본 것도 아니니 공식적인 직함이 뭐 그리 중요한가? 일단 내 생각을 말하지."

"흠, 좋은 생각이 있나?"

"김 차장의 말대로 5급 사무관으로 하되 보직은 비밀 요원들과 마찬가지로 전혀 엉뚱한 부서로 발령을 내는 걸세."

"거기까지는 으레 해 오던 일이니 새삼스러울 것은 없지. 그리고?"

"어차피 비밀 요원이란 게 각기 다른 직업을 가지고 있으니, 담용 군 또한 지금 하고 있는 일을 그대로 하게 두는 걸세."

"그야……."

"엉뚱한 부서라고 하지만 담용 군에게 물어보면 자신이 있어 하는 분야가 있을 걸세. 그러니 그쪽과 관계된 부서로 발령 내는 것이지. 아마도 내 생각엔 건설교통부 쪽이 나을 것 같네만……."

"그럴 만한 이유라도 있나?"

"그 친구가 공인중개사더라고."

"아아, 맞다. 그런 쪽의 일을 하고 있다고 했지."

"그렇군. 공인중개사는 건설교통부에서 관할하고 있으니, 그쪽에 자리 하나 만들면 자연스럽겠군."

"그거 괜찮네. 어차피 특수 임무를 맡은 별정직이니 출퇴근 문제는 신경을 안 써도 될 테고."

"그렇다고 해도 뭐든 억지로 끼어 맞춘 인상이 안 남도록 하려면 직속상관인 부서장에게는 알려야겠지."

"그야 당연하지."

"좋아, 그 문제는 조 차장이 알아서 조치하게."

"알았네. 그나저나 담용 군이 고민하고 있는 문제는 어쩔 심산인가?"
"뭔 고민?"
"아아, 맞아, 야쿠자들에게 강탈한 자금의 처리를 말하는 거지?"
"그래, 지금이야 시일이 짧은 덕에 아직 서류상으로 드러날 시기가 아니어서 그냥 지나가는 것 같지만, 곧 국세청의 촉각에 걸리는 건 시간문제일세."
"흠, 그렇게 되면 상당히 민감한 문제가 발생할 텐데……."
"민감한 문제가 발생해? 아니, 뭐 때문에?"
"아, 생각을 해 보게. 국세청에서 알게 되는 날이면 당연히 자금 출처와 탈세 문제를 들어 이슈화를 시킬 것이고, 또 언론이 부풀려서 소설을 쓸 것이 분명하지. 그럼 채권이나 금괴를 잃어버린 야쿠자들의 시선을 모으기 십상이지 않겠나?"
"헐! 그렇게 되면 곤란하지. 요즘은 엠바고도 잘 안 지켜주던데……."
"거참, 우리 기성인들은 뒷짐만 지고 있는데 젊은이가 외투사들로부터 국가의 자산을 지키느라 발버둥 치고 있는 걸 가지고 뭐라고 한다면 세상에 웃음거리가 되고 말걸세."
"당연히 그래서는 안 되지."
최형만과 김덕모의 시선이 조택상에게로 향했다. 다분히

강압적인 눈빛으로 마치 어쩔 것이냐고 묻는 눈치다.

"끙, 국내 파트를 맡고 있는 것이 죄라도 되나? 왜 나만 쳐다보는 건데?"

"자네밖에 처리할 사람이 없으니까 그러지."

"아, 알았네. 그런데 강탈한 자금은 그런 용도로 사용한다고 치자고. 하지만 언젠가 끝날 일이라면 그 많은 부동산을 어떻게 처분할 건가?"

"글쎄. 그건 그때 가서 처리해도 늦지 않을 것 같은데?"

"푸헐! 주인은 엄연히 담용 군과 세 노인네인데 우리가 무슨 자격으로 간섭을 한단 말인가? 말이 되는 소릴 하게."

조택상과 김덕모의 말을 최형만이 일언지하에 누그러뜨렸다.

"어? 그, 그런가?"

"그렇지 않고? 크흠, 여태까지의 일은 우리가 관여한 것도 아니니 모른 척하고 접어 두자고. 대신 돌아오는 일요일에 벌어질 일에 대해서는 우리도 몫이 좀 있어야 하겠지."

"그렇고말고. 그건 우리도 한몫 끼는 일이니 당연하지."

"뭐, 향후 사채업이 활기를 띠는 통에 서민들이 죽어난다고 하니 아예 그 근간을 말살함과 동시에 겸사해서 우리 활동비도 벌어들이는 것이야 누가 뭐라고 하겠나?"

"원장님께 보고는 해야 하지 않나?"

"맞아, 작업 들어가는 눈이 많아 비밀을 지키기기도 어려울 테니 보고를 해야겠지."

"두 사람 생각이 확실히 그런 건가?"

"최 차장이 달리 생각하고 있는 게 있으면 말하게나. 웬만하면 우린 따를 테니까."

"좋아, 자네들…… 부하들을 믿지?"

"당연한 소릴!"

"허어 참, 부하들을 믿지 못하면 어떻게 일을 하나?"

"자네들이 그렇게 생각하듯 나도 마찬가지란 말일세."

"어? 그, 그렇지."

"보고를 하지 않으면 어떻게 할 작정인가?"

"사실 다들 주지하다시피 안기부 시절 해마다 예산 문제를 가지고 설왕설래가 적지 않았다는 건 알고 있을 걸세. 그것이 국정원으로 이름을 바꿨다고 해도 변하지는 않을 것이란 말이지."

"아아, 무슨 말인지 알겠네."

"그래, 자네 말은 자금을 공평하게 나눠서 고질적인 예산 문제를 해결해 보자는 거지?"

"바로 그거네."

"우후후훗, 그렇다면 더 이상 물어볼 것 뭐 있나? 난 찬성."

"두말하면 입 아프지. 나도 적극 찬성일세."

"좋으이. 금액은 내가 담용 군과 상의를 해 보겠네."

"쿠쿠쿡, 가능하면 많이 타 내게."
"하하핫, 다다익선이잖은가?"

도로로. 도로로로…….
"응? 전화한다고 했는데…… 왜 안 받지?"
물론 정인에게 전화를 거는 것이다.
벌써 잘 시간인가 하고 시간을 보니 밤 10시가 조금 넘었을 뿐이다.
'조금 있다가 해 봐야겠…… 어?'
막 끊으려다가 전화를 받는 신호음이 들려오는 것에 담용이 휴대폰을 고쳐 잡았다.
-네, 담용 씨-!
"하핫, 접니다. 많이 기다렸죠?"
-아뇨. 지금까지 담용 씨가 사 준 선물들 구경하느라 이제 막 씻고 나왔어요. 제가 전화를 좀 늦게 받았지요?
"아, 그래서……. 전 이제 막 업무가 끝났어요."
-고생하셨네요. 제대로 쉬지도 못하고…….
"괜찮습니다. 이제라도 들어가서 쉬면 되니 걱정하지 마세요."
-그럼 얼른 들어가서 쉬세요.

"예, 그럼……."

—아참! 담용 씨.

"예?"

—저기…….

"하하핫, 뭔데 뜸을 들여요? 그냥 편히 말씀하세요."

—네. 저기…… 아빠의 일 때문에 그러는데요.

"정인 씨 아버님요?"

—네.

"왜요? 복지관에서 결제를 안 해 줬나요?"

—그건 아니고요. 공장에 일이 뚝 끊어져서 상당히 곤란을 겪고 계신가 봐요.

"어? 그래요?"

—네. 도급 업체들이 결제를 자꾸 미루는 바람에 경영에 상당한 어려움이 있나 봐요.

"많이 어렵다고 하십니까?"

—예. 여태껏 결제해 줄 때를 기다리다가 어려움이 더 가중됐다고 하네요. 그래서 어떻게 새로운 거래처를 뚫어서 오더를 받을 수 없을까 하고 말씀드리는 거예요.

"흠, 당장은 생각나는 곳이 없네요."

—그렇다면 할 수 없고요.

"정인 씨."

—네?

"아버님께 내일 제가 집으로 방문한다고 전해 주세요."

—어머! 내일 오시게요?

"예, 오늘 못 뵈었잖아요. 혹시 어디 나가신답니까?"

—아뇨. 그런 말씀은 없으셨어요.

"그럼 혹시 모르니 내일 어디 나가지 마시고 저를 좀 기다려 달라고 하세요."

—네, 전화를 끊는 대로 말씀드릴게요.

"하하핫, 지금 바로 끊는 게 좋겠네요."

—어머! 그런 뜻으로 한 말이 아니에요.

"알아요. 저도 지금 끊어야 운전하고 가죠. 지금 출발하기 전인 주차장이거든요."

—어머머. 아, 알았어요. 어서 끊고 출발하세요.

"예, 그럼 내일 봐요."

—아참! 담용 씨, 뭘 좋아하세요?

"우거지된장국요."

—그거 말고요. 다른 거요.

"그거면 충분한데요?"

—아이, 어서요.

"그럼 얼갈이 데쳐서 된장에 조물조물 무친 나물요."

—하! 전부 야채잖아요? 먹고 싶은 고기는 없나요?

"하하핫, 고기는 별론데…… 참! 인호도 내일 집에 있습니까?"

—글쎄요. 어떨지 모르겠네요. 집에 있으라고 할까요?

"웬만하면요. 인호가 뭘 좋아합니까?"

—걔야 고기라면 환장하죠.

"그럼 인호가 좋아하는 고기로 준비해 주세요. 같이 먹게요."

—알았어요. 어서 들어가세요.

"예."

—운전 조심하시고요.

"하하핫. 예, 알아 모시겠습니다."

BINDER
BOOK

마누라가 예쁘면 처갓집 말뚝 보고도 절한다

일요일 점심나절, 정인의 집.

달그락. 달그락. 탁.

"으아아! 매형 덕분에 고기 한번 원 없이 먹었네."

"에휴, 많이도 먹었네."

"히히힛. 엄마, 나 운동선수라고요."

"알고 있다. 무늬만 운동선수라는 거."

"에이, 이래 봬도 명문인 한국체육대학교라고요. 이거 왜 이러세요?"

"학교만 명문이면 뭐하니, 국가대표 한번 못 해 보는 운동선순데."

"쳇! 엄마는 뻑 하면 그놈의 국가대표 타령이라니까."

“그러니까 국가대표 타령 그만하게 한번 해 보라니까 그러네. 왜 못 하는 건데?”

“에이, 내가 말을 말아야지. 아무튼 매형!”

“왜?”

“덕분에 잘 먹었습니다!”

“어? 왜 내 덕분이냐? 난 네 덕분에 잘 얻어먹고 있다고 생각하는데?”

“핏! 엄마가 어떤 분인데 저를 위해서 이 비싼 쇠고기를 사서 구워 준단 말이에요? 어림도 없다고요.”

“참나, 그건 인호 네가 잘못 알고 있는 거다.”

“예? 뭐가요?”

“뭐긴, 여기 자식만큼 소중한 사람이 어디 있는지 찾아보면 답이 간단하게 나오잖아?”

“에이, 매형이 오니까 엄마가 우리 딸 잘 봐 달라고 로비하는 건데 뭔 말을 그렇게 해요? 다 알면서…….”

“어? 정말입니까?”

전정희에게 고개를 돌린 담용이 재빨리 눈을 찡긋해 보이자, 그의 의도를 눈치챈 전정희가 재빨리 톤을 높였다.

“내가 미쳤니? 아직 사위가 될지 안 될지 모르는 사내에게 이 비싼 쇠고기를 사서 갖다 바치게?”

“어, 엄마.”

전정희의 난데없는 말에 오히려 영문을 모르는 정인의 눈이 휘둥그레지면서 슬쩍 담용의 눈치를 보았다.

"왜? 엄마가 그런 말을 하니 섭섭하냐?"

"엄마는……?"

"난 자식도, 미래의 사위도 아닌 순전히 내 남편을 위해서 요리를 하고 이 비싼 쇠고기를 사서 구웠다고. 알어?"

그렇게 말해 놓고는 쇠고기 몇 점 올려놓고 각종 쌈으로 한껏 싸더니 이상원에게 건네며 코맹맹이 소리를 해 댔다.

"여봉―! 자요, 아―!"

"어허험, 이 사람이? 크흐흐흠."

연방 헛기침을 해 대면서도 싫지는 않았던지 넙죽 받아먹는 이상원이다.

"인호, 봤지?"

"그…… 아무래도 쇼 같은데……. 평소에 안 하던 행동을……."

"인석이? 엄마가 아빠를 사랑하는 게 남에게 보여 주기 위한 쇼라고? 이게 어디서 그딴 말을!"

"아아, 엄마, 제 말은……."

"아들, 그 말 책임질 수 있지?"

"그, 그런 뜻이 아니라요."

"시끄럿! 인석아, 너 쇠고기 먹인 거 아까우니까 당장 게워 내! 어서!"

"아쒸, 그게 아니라니깐. 암튼 잘 먹었슴돠!"

후다다닥.
"하하핫!"
"호호호홋!"

2층 발코니에 마련된 응접탁자를 사이에 두고 앉은 담용과 이상원이 얘기를 나누고 있는 중이었다.
이야기의 내용이 다소 무거웠는지 이상원의 표정이 무척이나 진지해 보였다.
"……해서 고전을 하고 있는 상황이라네."
"흠, 제가 잘은 모르지만 기계 제작업이 특허를 받은 전문 제작이 아니라면 인건비에서 남기는 수익이 주를 이룬다던데 맞습니까?"
"그렇긴 하지. 견적을 낼 때부터 경쟁이니 거기서 이윤을 남기기란 쉬운 일이 아니지. 도급 업체도 일머리가 빠삭해서 움치고 뛸 수가 없어. 천생 인건비에서나 남겨 먹을밖에."
"업종을 전환해 볼 생각은 없으십니까?"
"헐! 배운 게 이것밖에 없는데 업종을 전환하기가 쉬울 것 같나?"
"아니면 몇 가지 보완을 해 보시든가요."
"엉? 보완이라니?"

"예를 들면 덩치만 큰 기계 제작업이 막히면 임가공에서 이윤을 남겨 어려운 국면을 견디거나 타개하는 방법 말입니다. 또 호환성도 있을 것 아닙니까?"

"허어, 그거야 말이 쉬운 거지. 물론 자금이 있다면야 몇 가지 보완해서 견뎌 볼 수 있겠지만, 그리 효과적인 방법은 못 되네. 뭐, 제대로 갖춰서 해 본다면 또 모를까."

"제대로 하려면 자금이 얼마나 듭니까?"

"허허헛, 엄청나지. 공작 기계 가격이 장난이 아니니 말일세."

"공작 기계라면 선반이나 밀링 같은 걸 말씀하시는 겁니까? 아, 제가 이 계통에 대해서는 잘 몰라서요."

"맞네."

"근데 선반과 밀링은 서로 용도가 다른 기계입니까?"

"허허, 다르지. 잠시 설명한다면 선반은 가공물을 회전시켜 공구로 가공하는 기계를 말함이고, 밀링은 선반과는 역으로 생각하면 이해가 쉽지. 즉, 가공물은 가만히 있고 공구가 회전하면서 가공하는 기계지."

"아! 그런 차이가 있군요."

"요즘은 밀링과 선반이 복합된 기계장치, 소위 만능 밀링이라고 부르는 공작 기계도 나왔다더군."

"어? 하면 그걸 한 대 사 버리면 간단하겠군요."

절레절레.

"만능 밀링은 소형 공작물을 가공하는 용도로 사용되는 것이라 우리에게는 안 맞네."

"그리고 또 뭘 갖춰야 합니까?"

"허허헛, 왜, 사주려고?"

"가능하다면요."

"뭐? 기계 한 대 값이 얼마나 하는지 알고 하는 소린가?"

"아참, 얼만데요?"

"글쎄. 내 듣기로는 요즘 수치 제어장치, 즉 CNC 선반이나 CNC 밀링이라는 신제품이 나왔다던데, 그 가격은 잘 모르겠네."

"알고 계시는 건 대충 얼마나 됩니까?"

"글쎄…… 대략 20억?"

"흠, 저…… 농담이 아니니까 가격을 좀 확실하게 알아보시고 말씀해 주세요."

"엉? 진짜 사 주게?"

"일단 가격부터 보고요. 근데 다를 줄 아는 사람은 있습니까?"

"아주 세밀하거나 정밀한 분야라면 전문적인 기술자가 있어야 되겠지만, 나만 하더라도 웬만한 건 모두 다룰 줄 알지. 이건 우리 공장에 있는 직원들 중에 숙련된 기술자라면 다 다룰 수 있다고 자신하네. 원래가 기본이니까."

"그럼 기존의 직원에다 기술자 한두 명만 더 고용하면 되겠네요?”

“한 명만 고용해도 충분하지.”

“업무 영역도 확대될 것이고요?”

“허허헛, 말해 무엇하나. 대한민국에 그렇게 시설을 갖춰 놓고 하는 사업체가 몇이나 된다고. 대부분 영세한 편이지.”

“그 정돕니까?”

“암은. 대형 공작기계 업체야 몇 군데 되지만 정작 기계 제작과 임가공 시설을 갖춰 놓고 하는 사업체는 별로 없지. 만약 갖출 수만 있다면 아마 시너지 효과를 톡톡히 보지 않겠나 싶네. 그러려면 일감이 꾸준해야겠지만, 그것도 어느 정도 자신이 생기지. 왠지 아나?”

“……?”

“아웃 소싱에 들어가는 비용만큼 단가를 줄일 수 있으니 입찰이나 가격 경쟁력에서 유리하지 않겠나? 뭐, 로비야 별도니까 논외로 치고.”

“그렇군요. 그건 그렇고…….”

“왜? 더 궁금한 게 있나?”

“정인 씨한테 들었는데, 공장을 임차해서 사용하고 계시다면서요?”

“응, 대부분 그러잖아? 근데 그건 왜?”

“제가 볼 때 꽤 넓은 것 같은데, 대략 몇 평이나 됩니까?”

“1,130평일세.”

“거기서 오래하셨습니까?”

“꽤 오래했지. 정인이가 열 살이 되던 해에 내가 독립을 했으니……. 어라? 그러고 보니 올해가 꼭 20년째로구먼. 벌써 그렇게 됐군그래, 허허허헛.”

‘20년이라…… 마침 잘됐네.’

무슨 생각을 했는지 담용이 적당히 식은 커피 잔을 들며 말했다.

“그렇게 오래되셨다면 혹시 소유주가 사라고 한 적은 없었습니까?”

“왜 없었겠나? 지금도 나더러 가격을 싸게 해 줄 테니 사라고 연락이 오는걸.”

“자주요?”

“아니, 월세를 보낼 때마다 그런 소릴 하지.”

“만약에 산다면 평당 얼마나 달라고 할 것 같습니까?”

“오 사장 공장과 비교해 봐야겠지.”

“거기하고는 차이가 많으니 같이 비교하면 안 됩니다. 이렇게 하죠. 땅주인이 판다고 했으니 일단 물어나 보십시오.”

“어허! 정말로 사려고 그러나?”

“가격만 맞으면요.”

“이, 이보게, 아무리 싸더라도 평당 500만 원이 넘을 걸세. 그러면 얼만지나 알고 하는 소린가?”

여봐란듯이 큰소리를 땅땅 치는 것도 아니고 그저 무덤덤

한 어조로 말하는 담용의 태도가 더 진실하게 들렸던지 목소리가 살짝 떨려 나오는 이상원이다.

"평당 500만 원이 조금 넘는 60억이라면 매입할 용의가 있습니다. 그러니 그 가격에 흥정을 해 보십시오."

"유, 육십억!"

"예, 그리고 거래하고 있는 은행에다 매입했을 때 받을 수 있는 융자 금액도 좀 알아보시고요."

"그거야 일도 아니지. 한데 자네…… 정말 돈이 있긴 한 건가?"

"하핫, 좀 모았습니다."

"엉? 그동안에 말인가?"

"예, 공장을 살 돈은 됩니다만, 융자를 알아보시라고 한 건 그 공장을 샀을 때 내야 할 세금 때문입니다."

"흠, 무슨 말인지 알겠네. 융자로 피해 가자 이거로군."

"예, 실상 그래야만 모든 게 편해집니다."

"그렇기야 하지."

"언제까지 알아볼 수 있습니까? 아! 공작기계까지 말입니다."

"일주일이면 충분하네."

"그럼 땅은 매입하는 걸로 알고 돈을 준비해 놓겠습니다. 그리고……."

담용이 미리 준비를 해 놨었는지 봉투 하나를 꺼내 놓았다.

"이, 이게 뭔가?"

"운영자금을 좀 넣었습니다."

"우, 운영자금?"

"예, 일단 10억입니다."

"시, 십억!"

"예, 모자라면 더 말씀하십시오. 준비해 볼 테니까요."

"모, 모자라다니! 천만에, 이걸로도 충분하네. 근데……."

"예?"

"이거…… 받아도 되는 건가?"

"그럼요."

"어, 어째서?"

"왜 이런 말이 있잖습니까?"

"……?"

"마누라가 예쁘면 처갓집 말뚝 보고도 절한다면서요?"

"헐-!"

다음 권으로 이어집니다

바인더북